3
La detective
está
muerta.
探偵は
もう、
死んでいる。
二語十 [ill]うみぼうず
JN020239

「記憶が戻ったばかりのところ
悪いわね、十八年分の知識と経験を
奪わせてもらう！」
「奪いすぎだ！
俺をこのでかい身体のまま
赤ちゃんにするつもりか！」
「あー、これが噂の喧嘩ップル」
いつの間にか開け放たれたドアから、
斎川がこちらをじとっと見つめていた。

「これは夏凪さんの、シャルさんの、
そして君塚さんの、それぞれの物語です——
だから、自分がどうしたいのか。
それでいいと思います」

シエスタ

Siesta

職業	メイド
年齢	不明
得意料理	アップルパイ
好きな音楽	クラシック
好きな映画	ギャング映画
特技	瞬間記憶
趣味	昼寝、 君彦をからかうこと
信条	主のためなら 主をも裏切る

白銀色の髪の毛、

青色の瞳、

彫刻品のように美しく整った顔立ち。

そして身に纏っているのは……

メイド服？

服装はともかく、かつての名探偵と

瓜二つの容姿を持つ、

この少女の正体は——

「やっぱり君塚は、
シエスタさんがいれば、
それで良かったんだよね」
「気にするな」
俺はそんな雑な言葉で、
恐らく夏凪が次に言おうとしている台詞を封じる。
「シエスタと出会う前も
どうせ俺は一人だった」
ふたりぼっちの
千の夜

昔のことを思い出し、
思わずそう呟いた。

「……君彦、それ無自覚でやってます？」

と、なぜかジト目の《シエスタ》に
見つめられていることに気づく。

「ん？ なんのことだ」

そう尋ねるが《シエスタ》は、

「……そのしゅんとした顔とかギャップに、母性本能をくすぐられていたんでしょうか」

…

？

??

探偵はもう、死んでいる。3

二語十

MF文庫J

ContentS

口絵・本文イラスト●うみぼうず

【6 years ago Nagisa】

海岸線で、揺れるさざ波の音を聞いていた。

ざばん、ざばん――小さく寄せては返す波。不安や苦痛が和らぎ、心が落ち着く。こうして波打ち際で海の声を聴くことが、あたしにとって唯一の楽しみだった。

「そんなところで、なにやってるの」

ふと、知らない女の子の声が背中側から投げかけられる。クールでいて、でも決して冷たいわけじゃない透き通った声。

「……海の音を、聞いてたの」

まさか誰かがここへ来るとは思っていなくて、少し緊張しつつそう答える。

「音を聞いてるだけ？　見ないの？」

「だって、見えないでしょ？」

そう、今はもう夜だった。昼間はエメラルドのように輝く海も、この時間帯、星明りだけではあたしの目には黒くしか映らない。だからこうして、静かな波音だけであたしは海を楽しんでいた。

「だったら、昼に来ればいいんじゃないの？」

すると少女が隣に座ってくる気配がする。最初は大人びた印象を受けたけど、声が聞こえてくる位置的に身長はあまり変わらないらしい。あたしと同じ歳ぐらいなのだろうか。

「本当はそうしたいんだけどね。でも、昼間はバレちゃうから」

あたしは少し気を許して、彼女との会話を続ける。

「バレる？　誰に？」

「……あたし、病気でね。本当は病室にいなくちゃダメなの。でも、ずっと固いベッドの上じゃ辛くって。だからこうしてたまに、人目を盗んでここに来てるんだ」

辛い治療と、永遠の退屈。

そこから逃げ出せるこの時間だけが、あたしにとっての癒しだった。

「それよりも、あなたは誰？　初めて聞く声な気がするけど」

同年代の女の子とお喋りができるのが嬉しくて、あたしも彼女に質問をしてみる。

「最近ここに連れてこられたんだ。少し事情があってね」

「……そっか」

彼女の言うここは、決して病院を指しているわけではない。あたしたちが今いるのは、とある孤島に建てられた孤児院だった。

「でも、大丈夫。ここに住んでるのは、あたしたちと同じような子ばかりだよ」

そう、同じように——不幸な子ばかり。それの何が大丈夫なのか。いや、大丈夫なことなんて何一つないと分かっていたけれど、今のあたしにはそんなことしか言えなかった。

「君の名前は？」

ふと少女があたしに訊いた。

「602番」

大人たちにそう呼ばれてる、とあたしは答えた。

これもあたしだけの話じゃない。この施設にいる限り子どもたちはみんなそうで……でもきっと、すぐに慣れる。この女の子も、いつかは――

「ナギサ」

最初、それはこの波打ち際のことを言っているのだと思った。

「海が好きな君のことを、その名で呼ぶよ」

だけど彼女は、そんなことを言って静かに笑った。笑ったような、気がした。

「ねえ、あなたの名前は？」

だからあたしも、彼女にそう問い返す。

「私に名前はないよ。……ただ」

「ただ？」

「コードネームなら、あるかな」

そうして彼女が名乗った名を、あたしは一生忘れないと思った。

忘れたくないと、思った。

【第一章】

◆もう一度、君に会うために

「いつか君の眠りを覚ます者の名前は——渚。夏凪渚」

シエスタのその台詞を最後に、スクリーンは光を失った。

映像が終わり、この場に集められた四人——俺、夏凪、斎川、シャルは、誰もすぐに声を発することができない。沈黙が流れるなか、俺の頭には先ほどまで見ていた、俺とシエスタ二人の三年間の旅の記憶が駆け巡る。

上空一万メートル、ハイジャックされた飛行機での出会い。そして通っていた中学校で巻き起こっていたとある事件を契機に、俺はシエスタと共に旅に出た。

俺たちは目も眩むような冒険譚を繰り広げ——やがて秘密組織《SPES》との戦いを通してロンドンに辿り着いた。そこで出会ったのは謎の少女、アリシア。身寄りのない彼女は探偵代行として俺たちの仲間になり、一緒に行動を共にすることになった。

だがアリシアには彼女自身も知らないもうひとつの人格があり、その裏人格であるヘルはロンドンの街で罪のない人間の命を奪っていたのだった。

それから俺たちはヘルを追って、あるいはアリシアを救うために敵のアジトへ向かった。

そこで出会ったのは敵の親玉。聞かされたのは奴らの正体。そしてシエスタはヘルとの最後の戦いへ身を投じる。

ああ、そうだ。今ようやく俺はすべてを思い出した。

一年前、あの島でなにが起こったのか。

どうして探偵はもう、死んでいるのか。

あの日、あの場所でシエスタの命を奪ったのは──


「あたしだ」


静寂の中、夏凪が呟いた。

「あたしがシエスタさんを……」

「違う」

その先の言葉を彼女に言わせてはならない。俺は反射的に夏凪の言葉を遮った。

「夏凪はなにもやっていない。お前自身はなにも。だから……」

それはいつかもアリシアに……いや、ケルベロスの種を使ってアリシアという虚像を纏っていた夏凪に言った台詞だった。だが、そうだ。夏凪はなにもやっていない。たとえその手が罪を犯したのだとしても、それはあくまで別の……ヘルの人格が行ったことだ。心臓狩りの事件もシエスタの命を奪ったのも、夏凪は関係ない。夏凪は、なにも——

「ごめん」

明るくなった室内で、夏凪が、なぜか俺を見て謝る。その目は涙で濡れていた。

「君塚の一番大切な人を奪って、ごめん」

夏凪の指先が俺の顔に近づく。またいつぞやのように口の中に指先をツッコまれるのかと思いきや、しかし夏凪の細い指先は俺の目元を拭った。

「……悪い」

泣いていたのは、俺の方だった。

色々と吹っ切ったつもりでいたが、どうやらその判断は誤りだったらしい。

改めて認めねばならない——俺はまだシエスタへの未練を断ち切れてはいなかった。

「あたしの記憶は作られたものだったんだね」

夏凪が俯きながら呟く。

「心臓移植を受けたっていうのも本当はシエスタさんの心臓をあたしが奪っただけで、ずっと入院してたっていう子どもの頃の思い出も、きっとそれは《SPES》に囚われてた時の記憶が残っていたから——やっぱりあたしっていう人間は、ずっと空っぽだったんだ」

それは夏凪がずっと口癖のように言っていたことだ。自分はまがいものだと。何者にもなれないと。小さな鳥籠から、どこにも飛び立てないのだと。

そしてその自嘲は、かつてアリシアも漏らしていたものだった。記憶喪失の自分は、ずっと暗い部屋の中にいて、音も光もない世界にいるのだと。

そんな一年前の記憶を思い出し、今目の前にいる夏凪を見て改めて、二人の姿が重なった。俺が一年前、ロンドンで出会ったアリシアという少女こそ、後の夏凪渚だった。

「渚さん、一旦座りましょう」

肩を震わせる夏凪に斎川がそっと声を掛け、二人は部屋のコンクリートに腰を下ろす。年下の斎川に気を回させてしまっては世話がないが、今はありがたく頼らせてもらう。

「記憶を改竄されてたってわけ？」

次にそう口を開いたのは、シャルだった。

「ナギサと……それからキミヅカも」

そうして俺へとその視線が移る。

「夏凪の場合は、精神的なことを考えてそういった治療が施されたと見るべきだろう」

それに関わっているのは恐らくあの赤髪の女刑事、加瀬風靡。シエスタの指示で、夏凪を助けるためにそういう処置が取られたはずだ。

「そして俺は、忘れていた」

夏凪とかつて出会っていたことも。

シエスタがなぜ死んでいるのかも。

そして《SPES(スペース)》の本当の意味も、その親玉であるシードの正体も。

あの《花粉》によって、孤島で過ごした数時間分の記憶を俺は喪失していたのだ。

「お前は覚えてたんだよな、シャル」

一年前、敵のアジトで俺とシャルは、すべての《人造人間》の親を名乗るシードと相対し、そこで《SPES》の本来の目的を知った。奴(やつ)は宇宙からこの惑星に飛来した《種》であり、生存本能に従って人類を制圧しようとしていたのだと。

その後シエスタの元へ向かった俺に対し、シャルは研究所で敵と交戦を続けていたはずだ。であるならば彼女はあの《花粉》は浴びておらず、記憶は失っていないことになる。

「ええ、まさかキミヅカがそれを覚えていないだなんて思いもしなかった……一々情報の擦り合わせなんてしないもの」

特にワタシたちの場合は、と言ってシャルは自嘲する。

……そうだ、シャルと顔を合わせたのもあのクルージングツアーが一年ぶりだった。そしてその豪華客船の甲板で俺たちは仇敵(きゅうてき)カメレオンと相対した。あの時奴は「自分がシエスタを殺した」と言っていたが、結局それはただの勘違いだったわけだ。まさかシエスタが自らの心臓を止めていたとは思いもしなかったのだろう。

「シャルさん、あたし――」

とその時、ふと夏凪(なつなぎ)が立ち上がった。

だが、しかし。

「なにも言わないで」

シャルは夏凪の方を見ることもなく言う。

「わかってる。アナタが悪くないことなんて、わかってる。ただ……まだ受け止めきれてない。だから、少しの間待ってほしい」

「……うん」

そうだ、シャルもまたシエスタの死の真相を今知ったばかりなのだ。敬愛する師匠の死、その一端をすぐそばにいる少女が担っている。そう簡単に掛けていい言葉などあろうはずがなかった。

こんな状況にあって、一体どんな決断が下せようというのか——再び重い空気が、どことも知れない部屋の中に横たわる。

「まずは」

やや間があって、少女のよく通る声が聞こえた。

「大丈夫、落ち着きましょう——手は握れる。肩も回る。呼吸はリズム。一度目を閉じ、深く息を吸い込み、吐き出す。血が巡る。目を開くと、濁っていた視界がクリアに映る」

それはいつかも聞いた斎川の口上。緊張をほぐすためのおまじない。

「それが済んだら、みんなで紅茶でも飲みませんか？」

そして斎川は、さすがのアイドルらしい魅力的な表情で俺たちに笑いかけた。

「まったく、だからなんでお前が一番大人っぽいんだ」

「ふふ、君塚さんとは経験が違いますからね。経験が」

「わざとらしくアクセントを置くな。斎川はもっとアイドルの自覚を持て」

まったくこの女子中学生は……だがまあ、いつまでもこの重い空気のままでいるよりかはマシだったか。そう思い、さていい加減この部屋からお暇しようとして、はたと気づいた。そうだ、俺たちはこの場所に誘拐されてやって来たのだ。

「だったら、その犯人はどこにいる？」

嫌な予感がして、後ろを振り返る。

「お茶会ですか、いいですね。私も混ぜていただきたいです」

次の瞬間、俺たち四人以外の誰かの気配を感じた。

「誰だ！」

俺は反射的にその影の主に手を伸ばし……だが気づくと、俺の身体は宙を舞っていた。

そうして視界に天井が映り、やがて。

「痛って！」

背中から地面に激突。電撃のような痛みが走り、思わず目を瞑る。

「次にこの身体に触れようとしたら、あなたの全身の骨を砕きます」

理不尽だ。そして俺は、そんな背負い投げをかましてきた犯人に文句の一つでもくれてやろうと、ゆっくりと目を開き……やがて目の前の光景に固まった。

「お前、は」

目の前に立っていたその人物を、俺はよく知っていた。

白銀色の髪の毛に、彫刻品のように美しい顔立ち。そして身に纏っているのは……メイド服？　どうやら服装に関しては俺の記憶とは少し違っていたが、少なくとも本人の容姿だけは間違いない。三年間、片時も離れたことのなかったこの少女の名は――

「――シエスタ」

見まがうはずもない、かつての相棒の姿がそこにはあった。

◆君がメイド服を着ろと言ったから

「さあ、皆さん。どうぞ好きなものを注文してください」

メイド服を着た白髪の少女は、テーブルについた俺たちに言う。

所変わって俺たち五人は、お茶会のために喫茶店に来ていた。広い店内に、他に客は見当たらない。どうやら貸し切りのようだ。

そして俺たちをここへ連れてきた張本人は、

「遠慮はいりません、君彦の奢りですから」

一足先にひとり、優雅に紅茶を啜っている。

「俺への遠慮を忘れるな——《シエスタ》」

誕生日席に座る彼女に、俺は思わず突っ込みを入れる。

眩い白髪にブルーの瞳。どこからどう見ても、こいつは俺のかつての相棒だった。

——けれど。

「本当に、マームそっくり……」

紅茶を飲んで喉を鳴らす《シエスタ》を見て、シャルがぽつりと呟く。

そう、この《シエスタ》は本物ではない。

当然だ。探偵はもう、一年前に死んでいる。

「シャーロット。重ねて言いますが、私はあくまでただのロボットですよ」

それはこの場所に来る道中、彼女自身が言ったことだ。

ここにいる《シエスタ》は、生前のシエスタの肉体、記憶、能力の一部を参考に作られた生体アンドロイドだった。

「……本当にお前は、シエスタじゃないんだな」

俺は改めて、まるで人間にしか見えない彼女にそう尋ねる。

「ええ。私はシエスタ様と違ってあなたのことを君とは呼びません」

「そうか。本物だったら背負い投げなんかせずに、太もも枕してくれるもんな」

「……データベースに問い合わせましたがそのような事実はありません」

「露骨に顔を逸らすな。シエスタ本人をベースにしてるなら俺を嫌うな」

「シエスタ様をベースに作られてるからこそ私はあなたが嫌いなのですが」

「今日流した涙、全部返してもらって良いか？」

おかしいな。ここに来るまで蔓延していたシリアスな空気が嘘のように消えていく。

「なんでしょう、この熟年夫婦感のある安定したやり取り」

「ユイ、夫婦に喩えるのはやめて。せめてベテラン漫才師」

と、なぜか向かい側に座った斎川とシャルにもジト目で睨まれる。勘弁してくれ、俺は悪くない。探偵が全部悪い……と、そんなことを言っている場合ではなく。

「俺たちを誘拐したからには、なにか用があるんだよな？　それともこれも、生前のシエスタの指示か？」

そう、この《シエスタ》こそが俺たちを拉致し、あの過去の映像を見せた張本人。あの監禁部屋も、彼女が普段住んでいる隠れ家という話だった。

「ええ、シエスタ様はあの日を迎える前に様々な準備をなされていました。あなた方を見出したのもそうですし、こうして私というバックアップを用意していたのもその一つです。そして私には、あなた方に真実を伝える使命が課されていました」

「けど誘拐までするか、普通？」

「そうしてでも伝えなければならない真実だったのです」

そう言うと《シエスタ》は、ここまで一人沈黙を貫いていた人物に目を向け、

「渚」

その名を呼んだ。

探偵が、最後に残したその名前を。

そして俺の横に座っていた夏凪は、伏せていた目線を上げ、名探偵の遺言を聞き届ける。

「シエスタ様に代わって言います——ありがとう」

それは、ずっと燻っていた空気を再び変える風のようだった。

きっと《彼女》は、これを言うために現れたのだと、そう思わされるような。

俺たちは、夏凪と共にその言葉を受け取る。

「あなたのおかげでシエスタ様の遺志は消えずに残った。そしてあなたを生かし、学校に

通わせることがシエスタ様の最後の願いで――仕事だった。だから私はお礼を言う」

ありがとう、と。そう言って《シエスタ》は静かに頭を下げた。

それに対して、夏凪は。

「あたしは……」

揺れる瞳。なにか言おうと唇は動き、だがその先は出てこない。

いくら正しい言葉を並べられようと、夏凪の思いが晴れるとは限らない。過去の責任を感じてか、夏凪は床に視線を落とした。そうしてまた、場には沈黙が訪れる。

「紅茶でも飲みながらお話ししましょうか」

ここのアップルパイは美味しいんです、と《シエスタ》は静かに言う。気付くと俺たちの前には、紅茶とアップルパイが運ばれてきていた。

「……懐かしい」

夏凪が、小さく切り分けたパイ生地を口に入れて、そう呟いた。

美味しいではなく、懐かしいと。

「……そもそもだが、《シエスタ》」

そんな中で俺は代表して、訊かなければならないことを《シエスタ》に尋ねる。

「どうして今になって俺たちを集め、過去のことを語った？　これまでこの真実を隠していた意図はどこにある？」

一年。シエスタの死から一年だ。真実を伝えることがこの《シエスタ》の使命であるならば、どうして今まで接触を図ってこなかったのか。

「理由はいくつかあります」

すると《シエスタ》は俺たちの前で指を立てながら説明する。

「まず一つ。シエスタ様が、渚の身体に眠るヘルの凶悪な人格を押さえ込み、渚の状態を安定させるのに長い時間を要したからです」

それは一年前——俺が最後にシエスタと交わした会話のなかで彼女が言っていたことだ。ヘルを封印するには長い時間が掛かるかもしれないと。夏凪自身も、最近になってようやく体調が回復し学校に通えるようになったと言っていた。その準備が整うのに掛かった時間が一年というわけか。

「そして二つ目。あなたたち四人の気持ちが一つになるのを待っていたからです」

「俺たちが？」

「ええ、それがシエスタ様の遺志でしたから」

そうだ。それは夏凪から聞いていたシエスタからの伝言——俺、夏凪、斎川、シャルの四人こそが遺産であると。

「だけど」

と、シャルが会話に割って入ってくる。

「なぜワタシたち四人だったの？　特にキミヅカ……いる？」

「おいシャル、当たり前のように首をかしげるな」

「ええ、たしかに君塚君彦を数に入れるかどうかについては最後まで悩まれたようです」

「なんでだよ。真っ先に入れろよ。助手だぞ、俺は」

「君塚さん、実はあの三年間の出来事がすべて虚言だったみたいなオチはないですよね？　君塚さんは助手じゃなくて、単なるシエスタさんのストーカーだったとか」

「斎川、お前一番目がいいはずだろ。さっきの映像でなにを見てたんだ」

ダメだ、この連中は少しでも空気が緩んだ瞬間にボケ始める……。

「でも」

と、俺の心を読んだかのように、夏凪が真剣な目を《シエスタ》に向ける。

「多分、一番大事な理由は他にあるのよね？」

《シエスタ》が、今このタイミングで俺たちを集めた理由。真実を語ったわけ。夏凪は改めてそれを探偵に問う。

「シードが、ここに来て自ら動き出そうとしています」

すると《シエスタ》は目を細め、俺も今まで忘れていたその存在を口にする。

それは《SPES》の親玉にして、恐らく俺たちが倒すべき最大の仇敵。

「シードはこの一年、これまで目立った行動を取っていませんでした。しかしここ最近、どうもその状況が変わり始めたようです」

……たしかに、斎川のサファイアの事件や、客船でのカメレオン襲撃がいい例か。

奴らは一年越しになにをしようとしている？

「それを食い止めることが、渚——あなたの仕事です」

《シエスタ》が、カップをソーサーに置きながら言う。

「あたしの、仕事……」

夏凪は、己に課されたその重い役割に思わず俯く。

きっといつもの夏凪であれば、自信満々に胸を叩いて引き受けていたはずだ。だが、あの過去を知ってしまった今の彼女には……。

「別に、夏凪だけが背負う問題じゃないだろ」

俺は一気に紅茶を飲み干し、《シエスタ》にそう問いかける。

「《SPES》を倒すって目的は、俺や斎川、シャルだって一致してる。夏凪だけが特別に責任を感じる必要はないはずだ」

確かに夏凪は、自らの意志で名探偵の遺志を継いだ。だが俺や斎川、シャルもまたシエスタが残した遺産であったはずで……《SPES》を倒すことは、俺たちの共通の目的だ。

「ええ、確かにそうです。しかしその中でも、渚が抱える役割は、君彦や唯やシャーロットの比ではありません」

なぜなら、と。《シエスタ》は一度小さく息を吸い、

「渚は、《名探偵》なのですから」

明らかにとある単語にアクセントを置きながら、そう告げた。

「それがどうかしたのか？　もし、いわゆる普通の探偵とは少し違うという意味なら、夏凪だって理解してるはずだぞ」

シエスタも名探偵を名乗ってはいたが、実際のところよくイメージされる探偵像とは違っていた。人造人間や宇宙人と戦う探偵など、どんなミステリを読んでも出てこないだろう。そして、その辺りのことは夏凪もこれまでのことで十分分かっているはずだ。

「……なるほど。シエスタ様は、そのこともあなたには伝えていませんでしたか」

すると《シエスタ》はなにかを思案するように小さく頷くと、

「《名探偵》というのは、君彦が考えているようなものとは違うんです」

俺のさっきまでの思考を読んだようにそう言った。

「たしかに、普通に事件を解決するだけの存在ではない、という意味ではその通りです。しかし私たちが通常《名探偵》という呼称を用いるとき、そこには別の意味が――」

「待ちなさい」

その時、がたんとテーブルが揺れた。そうして紅茶を零しながら立ち上がったのは、

「アナタ、その先は――連邦憲章に違反するわよ」

シャルがそんな聞き慣れない単語と共に、咎めるように《シエスタ》を睨みつけた。

「構いません、彼らもまた当事者なのですから」

しかし《シエスタ》はテーブルについた俺たちを見渡すと、相変わらずの無表情のままこう言った。

「《名探偵》とは、世界を守る十二人の盾――《調律者》の役職の一つです」

◆世界の敵と十二の盾

「調律者……そういうこと、か」

「え、君塚さんも分かったんですか？」

俺が深刻な顔をしたのを見て斎川が訊いてくる。

「調律者っていうのは一体……」

「いや、分からん」

「二度と知ったかしないでください」

年下のアイドルが急に冷たい。

「この世界には度々、危機が訪れます」

そんな俺と斎川のコントを無視して、《シエスタ》が説明を続ける。

「定期的、また同時多発的に世界に発生する危機――それらに対抗するべく国際機関によって秘密裏に任命された人物、それが《調律者》です」

世界の危機に対抗するために生まれた存在――そういえばいつだったか、シエスタがそんなことを言っていたような気もする。自分は世界を守るために存在しているのだと、そういうDNAを持っているのだと。

「世界各国に散らばっている《調律者》は全部で十二名。彼らは世界の危機にまつわる様々な任務を与えられていて、またそれぞれが持つ《役職》も違っています」

彼女はそう言いながら指折り数えていく。

「たとえば《怪盗》。あるいは《巫女》に《暗殺者》。中には《魔術師》や《吸血鬼》なんて存在がいるとも言われています」

「吸血鬼って……」

どんな役職だ、それは。なんの仕事をするのか想像もつかないが。

「しかし、現に彼らが世界の脅威に対する防波堤となっていることで、歴史上これまで数多くの危難を救ってきました」

だが《シエスタ》はそのまま、教え諭すように説明を続ける。

「核戦争、気候変動、パンデミック、天体衝突。人類そのものが世界を脅かす原因になった事象もあれば、《SPES》のように世界の外から訪れた脅威もありますが──いずれにせよ《調律者》が陰から、それらの危機と戦ってきたことは事実です」

「じゃあ俺たちが知らないだけで、《調律者》がいなければ世界は滅んでいたと?」

「ええ。1999年に襲来するはずだった恐怖の大王を食い止めたのも、彼ら十二人のうちの一人だった……と言われているぐらいですから」

《シエスタ》はあくまでも可能性の一つとして、かつて世間を騒がせたあの、ノストラダムスが発した大予言を例に挙げた。

「ですので、今こうして私たちが平和に生きている世界線も、もしかしたら彼ら《調律者》によって作り替えられた未来なのかもしれません」

「……まさか、歴史改変なんてことが本当に可能だと言うつもりか?」

「観測できないものを存在しないと言い切るのは傲慢がすぎますよ。それに君彦だって、そういう例を実際に知っているでしょう?」

《シエスタ》にそう言われて、思い出すものがあるとすれば。

「──《聖典》」

一年前、ヘルが言っていた未来が記されているという書物。まさかあれは、本当に未来を知る誰かが書いたものだというのか?

……いや、今はそこまで話を広げる余裕はない。それよりも、ここまで《シエスタ》の話を聞き、《調律者》という存在を知った上で、ほぼ間違いなく推測できる事実が一つあった。

「シエスタは《調律者》の一人だったんだな」

俺が言うと《シエスタ》は、無言で紅茶を飲むことで肯定の意を示す。

あのシエスタこそ、世界を救う十二人の《調律者》の一人──その役職は《名探偵》。そして与えられていた任務が、《SPES》の討伐。

彼女本人の口からその事実が語られたことは、これまで一度もなかった。しかし、

「…………」

今、唇を噛みしめているシャルの横顔を見れば、それが真実であることは察せられる。シエスタは世界の敵と戦うことをまるで自身に課せられた使命であるように語っていたが、そこにはもっと大きな背景があったのだ。

「ですが」

俺がそんなことを考えているうちに、《シエスタ》は話を続ける。

「一年前、シエスタ様は亡くなり、《名探偵》の座は空位になりました。そしてその間、《SPES》討伐の任を担う者は誰もおらず、現在までその状態が続いていました」

「他の《調律者》はなにをやってるんだ？　シエスタの代わりをやってくれても……」

「世界の危機は、なにも、《SPES》だけじゃないのよ」

するとシャルが代わって言う。

「他の十一人の《調律者》は、それぞれ別の仕事が割り振られている」

「そうか、《SPES》以外にも世界の敵が……」

今こうしている間にも世界にはなんらかの脅威が迫っていて……そして誰かがそれと戦っているのか。

「話を戻しますが」

《シエスタ》はそう言うと、夏凪に視線を向ける。

「このままだと恐らく、次期《名探偵》にはあなたが指名されます」

「……！　あたし、が？」

思わぬ発言に夏凪は目を見開く。

「無論まだ決まったわけではありません。しかし、かつての名探偵の心臓を宿し、自らその遺志を継いでいる。そして、普通の人間が持ちえない力を使いこなすこともできる。《名探偵》の素質として十分と考える人間は多いでしょう」

そうか、夏凪はただシエスタの心臓と遺志を受け継いでいるだけではない。その力を使いこなす余地があると、そう思われているのだ。──しかし。

「シエスタはもう、夏凪の身体には現れないぞ」

あの客船でのカメレオンとの戦いの最中。シエスタは、夏凪の身体を借りて俺の前に現れ——そして消えた。奇跡でもご都合主義でもない。あれは俺をからかうことが大好きだったあいつが見せた、ほんの一瞬だけの白昼夢だったのだ。

「ええ、分かっています。ですから」

そう言うと《シエスタ》は改めて夏凪の方を見ながら、

「もう一度、シエスタ様に代わって訊きます。渚、あなたは本当に《名探偵》の遺志を継ぎますか？」

夏凪の覚悟を問いただした。

「あたしは……」

「もしも」

声を震わせる夏凪の言葉に俺は割って入った。なにか案があるわけではない。ただ、今の夏凪に、その判断を下させるのはあまりに酷だと思った。

「もしもいつか、仮に夏凪が《名探偵》を継ぐとしたら、まずは何をすればいい？」

それは決して今でなくともよい。ただ、いつかの未来を仮定して、俺はそう尋ねた。

すると《シエスタ》は、

「そう、ですね」

ティーカップに残った紅茶を啜ると、俺たち四人を見渡してからこう言った。

「では先ほど見ていた映像に隠された、間違い探しをしていただきたいです」

◆職業、学生。たまに、助手

それから翌日のこと——俺は学校で授業を受けていた。

そう、課外授業という概念を忘れていたのである。

なにを突然と思われるかもしれないが、俺の社会的身分は探偵の助手である前に一人の学生だ。そして先日、夏季休暇に入ったということで呑気にクルージングツアーに参加したり誘拐されたりしていたわけだが……どうやら高校三年生に夏休みなどというモラトリアムは与えられないらしい。

「まだ十五分、だと」

俺は壁に掛かった時計を見て絶望する。

朝から夏季課外と称して行われている授業は、永久に続くのかと思われるほどに遅々としたスピードで進んでいた。昼休みまではまだ三十分以上ある。

「寝るか」

学生の本分は寝ることだ。寝る子は育つと聞いたことがある。ちょうど、あと三センチほど身長が欲しいと思っていたところだ。そういえばシエスタもよく寝ていたからそのおかげで色々な部分が育っていたのだろうか。

「……は？」

我ながら最低な思考をしてしまった気がする。

疲れてるな。そうに違いない……なにせ昨日はあまりに色んなことが起こりすぎた。

廊下側の一番後ろの席。俺は机に突っ伏して目を瞑り、頭の中を整理する。

昨日、《シエスタ》によって明かされた真実——それは、この世界は十二人の《調律者》によって守られているということだった。そしてその役職の一つである《名探偵》に、夏凪が任命されようとしているという。

そんな夏凪が仮に《調律者》を継ぐ場合、まず彼女がやるべき課題として《シエスタ》が挙げたのが、間違い探しだった。あの後詳しく話を聞いたところ、実は俺たちが見た一年前の映像には、ある間違いがあるとのことらしかった。もし夏凪が《名探偵》になることを迷っているのならば、その間違いを解き明かしてからでも遅くはないと、《シエスタ》はそう言い残してあの後俺たちを解放したのだった。

つまり今俺の……あるいは夏凪のやるべきこととしては、一年前の真実に隠された何らかの間違いを見つけることである。

「と言ってても手がかりはないんだよな」

そう、周りに漏れないような声量で呟く。

……と、気付けばなんだか周囲が騒がしい。どうやらいつの間にか授業が終わっていたようだった。これでようやく昼休み。あとは午後、二時限分の授業を終えれば今日の課外は終了だ。とりあえず例のごとくコンビニ飯でも食うかと思い、顔を上げた、その時。

「あ」

廊下にいた少女――夏凪渚と目が合った。友だちと食堂にでも行くところだったのか、三、四人の女子生徒たち（なんかイケてそうなグループ）と共に並んで歩いている。ちょうどよかった。これからの方針を話し合うべく、放課後の約束でも取り付けようと立ちあがったところで、

「…………」

思いっきり目を逸らされた。

そして友だちの女子生徒たちはくすくす笑いながら夏凪になにやら囁き、夏凪は首やら手をこれでもかというぐらい横に振りながら、その場を立ち去っていった。

地獄かな？　なんだか教室中の視線を集めている気がして、俺はそのままストンと腰を下ろし、再び眠った。

「いつまで寝てるんだよっ」

放課後。そんなおどけた声が、俺を眠りから覚まさせた。

ぼやけた視界、瞼をこする……と、ぼんやり人の形が浮かび上がる。

「二つばかり事件を解決してようやく落ち着いたところなんだよ」

なにも俺はあれからずっと寝続けていたわけではない。例の《巻き込まれ体質》に則って、放課後、同級生から持ちかけられた小さなトラブルを解決したばかりだった。

「というかお前とはもう口は利かん――夏凪」

俺はさっきの仕打ちを思い出し、前の席に座りこちらを向く彼女に半眼を向ける。

「ごめんってば。てか寝癖ついてるよ」

すると夏凪は容易にパーソナルスペースに踏み込み、手ぐしで俺の髪を梳いてくる。

「お前はシエスタか」

「半分ね」

暗いオレンジ色の光が差し込む中、彼女は薄く笑う。

ほとんど陽の落ちかけた放課後の教室は、俺たち二人だけになっていた。

「で？　なんの用だ、夏凪」

頭に伸びる彼女の手を払いながら俺は訊く。

「なんの用って、ほら昼休み。なんか合図出してたでしょ」

「それを無視してどっか行ったのはどこのどいつだ」

女子高生のこそこそ話が一番傷つくんだからな。

「……だってからかわれるんだもん」

すると夏凪は、じとっとした目で俺を見つめてくる。

「ほら、その、君塚とそういう関係なのかって」

「俺とそういう関係なのかと噂されることを恥じるなよ」

「……別にそういう意味じゃないけど」

夏凪はなにか言いたげに、ふくれっ面で俺の前髪を引っ張ってくる。なんでだよ。

「ていうか寝過ぎ。何時間待ってたと思ってるの」

「顔に寝跡ついてる人間がよく言えたな」

「そういうことは早く言って！」

「よだれも拭いた方がいい」

「倍殺し！」

夏凪は俺の頭を机に押さえつけてくる。理不尽だ……。

「……それで？　なんの用？」

よだれを拭き終えた夏凪が改めて訊いてくる。

その視線は、窓の外の沈みかけた夕陽を向いていた。

「……ああ」

俺は例の話を切り出そうとして……しかし、なぜか言葉が続かなかった。

いや、俺だけではない。きっと夏凪も、俺がなんの話をしたがっているかなんて、分かっているはずだ。だが、いざとなると互いにその話題に踏み込めなかった。

「友だち、いるんだな」

だから俺は思わず、そんな適当な雑談を振ってしまう。

「なにその悲しい話題……」

と、夏凪が憐れみを込めた目で見てくる。

「いつもお昼とかどうやって過ごしてるの？」

「とっておきの場所があるから問題ない」

今日は誰かのせいでうっかり寝過ごす羽目になったが。

「いつも君塚が一人でご飯食べてそうな場所？　トイレ？」

「お前は今とんでもない悪口を言っている自覚はあるか？」

俺をバカにしがちなところまで探偵の遺志を継がんでいいだろう……。

そう呆れながらも俺は立ちあがると、

「だったら今から、とっておきの場所ってやつを見せてやる」

ぽかんと口を開けた夏凪に向かってそう言い切った。

「……え？　トイレに連れ込まれるのはちょっと、その、どう、だろう……」

「そんなことは言ってないし、その照れも確実にいらない」

◆ふたりぼっちの千の夜

「こっちだ」

俺は夏凪を先導しながら立ち入り禁止の柵を越え、短い階段を登る。と、その先には南京錠がついた鉄製の扉がある。

「君塚、鍵持ってるの？」

「ない。が、俺に開けられない錠はない」

「ちょっとかっこいい」

「あまりに拉致監禁されることが多くて、自然とそのスキルが身についた」

「訂正、最高にかっこ悪い」

「ほら、開いたぞ」

特注の針金を回すこと数秒、錠はカチリと音を立てて見事に外れた。

俺は扉を押し、その先へ足を踏み出す——と、風が吹いた。

「わあ」

後ろをついてきた夏凪が、感嘆の声を上げる。

ここが俺のとっておきの場所——屋上。

あれから陽は暮れ、雲のない夜空には星が瞬いて見えた。

「どうだ？　一人も悪くないだろ、屋上で食う昼飯は美味いぞ」

俺は高い柵を背にしてその場に座る。

「いや、一人である必要はないでしょ」

そして夏凪も呆れながら、俺の隣に腰を下ろした。

「友だち、作ったら？」

「俺は友だちを作らないいんじゃない、作れないいんだ」

「声に出して読みたくない日本語第一位おめでとう」

最高に不名誉な称号を手に入れてしまった。

「ま、あたしはカウントしてくれてもいいけどね。君塚の友達カウンターに」

すると夏凪が両足をぴんと伸ばし、膝上丈のスカートをいじりながら言う。

「……や、別に友達じゃなくてもいいんだけど。他にもまあ、色々関係性はあるわけで」

「手下とか？」

「一応もう一回訊くけど君塚はシエスタさんのなんだったの……？」

全然思うような流れにならない……となぜか夏凪が肩を落とす。

「まあでも、ほら。気兼ねなくなんでも言い合える友達って、結構よくない？」

しかも可愛い、と今度は夏凪は、わざとらしく両手の人差し指で自分のほっぺたを押して見せてくる。

「友達ができたことがないから分からんな」

「ひねくれてるなあ」

夏凪は呆れたように唇を突き出す。

「よくそれでシエスタさんと上手くやれてたね」

「……そんなに上手くやってた記憶もないが」

俺はあの、やたらと慌ただしかった三年間を思い出す。

「三日に一回は喧嘩してたしな」

「そういう時は君塚が先に謝ってた？」

「基本的にはな。けどたまに俺も意地を張って一週間ぐらい無視することもあって」

「そしたら？」

「向こうがめちゃくちゃソワソワしだす」

「シエスタさん可愛いかよ」

「で、俺が久しぶりに話しかけたら一瞬ホッとしたような顔になって、そのあと」

「不機嫌そうな顔に戻って『バカか、君は』」

「お、正解。やったな、シエスタ検定一級取れるぞ」

俺たちはそう言って軽く吹き出す。

「けど、あまりに言い争いが多いもんだから、ある時ルールを作ってな」

「喧嘩をしないためのルール？」

「ああ。喧嘩をしたら翌日、二人で遊園地に行かなければならないというルール」

「な、なんの意味が……？」

「ほら、気まずい状態のまま、二人で遊園地に行かなきゃならないのって割と地獄だろ？」

「あー、それが嫌で自然と喧嘩をせずに済むようになると。それで、効果はあったの？」

「ああ。おかげで三日に一度コーヒーカップに乗る習慣がついた」

「最高に愉快なアメリカンジョークをどうもありがとう」

夏凪は心底つまらなそうな顔で、両手をオーバーに上に向ける。楽しいな、アメリカンなノリ。

「ていうか」

すると今度は、どこか俺を試すような表情を浮かべると、

「シエスタさんの話する君塚、楽しそうだね？」

含むような言い方でそんなことを訊いてくる。

「……そんなことはない。大体俺はシエスタの話なんかしたくはないし、今さらあいつに

興味もない」

「いや、さすがにもうそれは誰も信じないから」

夏凪が真顔で手を横に振る。嘘だろ、おかしいな。

「でも」

と、夏凪が俺から視線を外しながら言う。

「やっぱり君塚は、シエスタさんがいれば、それで良かったんだよね」

きっとお互い無意識のうちに避けていた話題を、とうとう夏凪が切り出した。

そんな彼女の横顔は、どこか淋しげに見える。

「気にするな」

俺はそんな雑な言葉で、恐らく夏凪が次に言おうとしている台詞を封じる。

「シエスタと出会う前もどうせ俺は一人だった」

だから、夏凪のせいなんてことはない。夏凪がなにもかもを奪っただなんて、そんなこと誰も思っちゃいない。なにより、そんなこと俺が誰にも言わせない。

「優しいね、君塚は」

夏凪のくぐもった声が聞こえてくる。

気づくと夏凪は、自分の膝に顔を埋めていた。

「でもやっぱりダメなんだ。友だちと喋ってても、君塚にこうやって励まされても、どうしても頭からはあの光景が離れない。あたしが、シエスタさんの心臓を奪った、あの――」

そこで言葉は区切られる。

俺たち以外に誰もいない屋上、夜風だけが静かな音を立てていた。

夏凪の手が、シエスタの命を奪った。

その事実はどうやっても覆すことはできない。たとえそれを行ったのが彼女のもう一つの人格だったとは言え……そしてシエスタが望んだ結末だったのだとしても、夏凪の罪の意識が晴れるわけではない。少なくとも夏凪自身はそう思ってしまっている。

「それに、シエスタさんだけじゃない。あたしは他にも、なんの罪もない人たちを、あのロンドンで――」

それも、夏凪を永遠に罪悪感に縛り付ける重い呪縛。誰がどんな言葉で励まそうとも、きっと誰よりも夏凪自身が決して許さない。

そんな状況にあって、今、俺ができることと言えば。

「暗い」

セーラー服を着た夏凪の背中を、人差し指で、つーっとなぞった。

「ひゃっ！」

夏凪の口から聞いたことのない嬌声が漏れ、ついで慌てたように右手で口を押さえる。

「な、ななななななななななな！」

そして暗がりでも分かるほどに顔を赤く茹で上げた夏凪が、口をわなわなと震わせながら俺を睨んでくる。

「はあ、いいか夏凪」

「まだあたしが怒るターンなんだけど！」

「え、こういうのが性癖だったのでは？」

「ば、ば、ばばばばばばばば倍殺し！」

「よし、いつものが出たな」

「人の口癖で元気のパラメータを測るな！」

夏凪が横からポカポカと殴ってくる。やっぱり元気だな。

「昔な」

俺は、昨日語られた一年前の記憶を思い出しながら言う。

「昔、俺もどうしようもなく落ち込んで、うずくまってた時……シエスタに背中を叩かれたんだ」

「……それって」

夏凪が俺をぶつ手を止める。

ああ、お前も知ってるはずだ。それは一年前、アリシアが……すなわち夏凪がカメレオンによって《SPES》のアジトへ連れ去られた時。絶望していた俺は、シエスタに強く背中を叩かれ、自分の取るべき行動を再認識できたのだった。

「だから俺も、いつだって背中ぐらい叩いてやるし、手だって握ってやる」

「……あたしは背中を指先で撫でられたんですけど？」

……まあ大体同じだろ、大体。

「今は落ち込むだけ落ち込んでいい」

俺はのっそりと身体を動かし、その場に背中をつけて寝転ぶ。

視界には一面、星空が映る。

「好きなだけデリバリーを頼んでやけ食いしてもいいし、感動必至の映画を観て一気に涙を涸らしてもいい。ままならない理不尽さを汚い言葉で罵っても構わないし、カラオケでストレスを発散できるタイプなら、一晩ぐらい付き合おう。そんなことで罪の意識は晴れないというのなら、じゃあせめて俺も半分背負う。お前だけが悪いわけがない。俺もあの時シエスタを救えなかった。だったらせめて……せめて、夏凪の痛みぐらい、俺が代わりに引き受ける」

「君塚……」

夏凪が呆けたように俺を見下ろす。

……やれ、さすがにカッコつけが過ぎただろうか？　ならば。

「まあ、ほら、なんだ。自分で言うと、もう今後逃げ場がなくなる気もするが……」

俺は言うか言うまいか逡巡し、やがて意を決して、

「……女の子に虐げられることには慣れている」

だから、夏凪の痛みを背負うことぐらい、なんてことはない。

「……ぷっ」

すると、吹き出すような声が聞こえてきた。

「ははっ、あっはははははは！」

「っ、笑いすぎだ！」

「え、なに、なんで急に性癖暴露大会始めたの？」

「……っ！　お前なあ、俺は！　お前を！　励まそうと思って！」

くっ、なぜこうなった。理不尽だ……。

「あたしを励ます手段がマゾヒストの告白……やばいね、思ってた以上に君塚やばい」

「おま……っ！　それ以上笑うな！　そもそもお前も同類だろ！」

「いやあ、あたしと君塚じゃ、そのワードが持つ意味が違ってくるというか」

「っ、はあ、言うんじゃなかった。……いや、違う。今のは、嘘だからな。ただ夏凪を励ますべく笑いを取ろうとしただけで、本当に俺にそんな性癖があるわけではなく……」

と、俺がしどろもどろになりながらも起き上がって否定していると、

「ほんと、馬鹿だなあ」

とん、と俺の胸に夏凪の顔が沈み込んだ。

そう言って笑いながら……気づくと夏凪は泣いていた。

唇を噛みしめ、嗚咽が漏れないようにしながら、俺のシャツを涙で濡らす。

「馬鹿、だなあ」

「どっちがだよ」

そう言いながらも、俺は知っていた。

いつだって全力で怒って、喜んで、笑って、泣く。

それが夏凪渚の本質で――激情なのだと。

「よく、我慢してたな」

俺は遠く星を眺めつつ、その頭を撫でた。

シエスタが託した、赤いリボンのついた、夏凪の頭を。

「……っ、…………っ！」

夜の屋上に、感情の奔流の雨が降る。

だというのに今夜は、悔しいほどに綺麗な星空だった。

◆神に誓って○らしてはいない

それから俺たちは校内に戻り、スマートフォンの光を頼りに夜の校舎を歩いていた。

暗い校舎。時間も時間ということで、どこか肝試しのようにも思える。

「さて、君塚が泣き止んだところで、これからのことを考えないと」

すると隣を歩く夏凪が、ぴしゃりと自分の頬を叩いた。

「大嘘をこくな。俺のシャツはお前の涙と鼻水でぐっちゃぐちゃだ」

あの屋上で、夏凪が俺の胸の中で泣くこと十数分。夏凪の気が晴れる代わりに、俺の制服は尊い犠牲と化していた。

「うっ……半分背負うって言ってくれたのに！」

「冷静になると恥ずかしすぎるからやめてくれ」

「――お前の人生、俺が半分貰ってもいいか？」

「天地に誓って言っていない！」

そして物真似も似ていない。やれ、元気を取り戻したと思ったらすぐこれだ。

「……指輪も貰ったけど」

「……一年前のことはノーカンだ」

とは言え、アリシアとしての夏凪と俺はこうして手を握ったりもしていたわけだ。

「……な、なぜ今あたしはナチュラルに手を握られたのでしょう？」

攻守逆転。夏凪が微妙にどぎまぎしながら尋ねてくる。普段は俺に対してドがつくほどのSである彼女も、不意打ちに対してはこのように弱い。

「言っておくが夏凪。俺はこの世で一番、幽霊が怖い」

「いや、そんな偉そうに語られましても」

「それに屋上で言ったろ？　お前の手ぐらい、いつだって握ってやるって」

「こんなかっこ悪い伏線回収ある？」

それにこれもデジャブ……と夏凪が小さく呟く。そういえば四年前、シエスタと出会ったばかりの頃、文化祭のお化け屋敷でこんなやり取りを交わしたんだったか。

「てか君塚、手汗ひどいよ」

「？　俺は怖い思いをすると一気に汗が引くタイプだが」

「…………」

「というわけで、夏凪はなぜ手汗をかいている？」

「……君塚嫌い」

分かりやすく墓穴を掘る女子高生、おもしろ可愛いな。

「それで……《シエスタ》さんが言ってた、間違い探しの件だけど」

するとと夏凪は少し心の整理がついたのか、例の課題を自ら口にする。もしも彼女が《名探偵》を継ぐのなら、過去の映像にあったという間違いを見つけなければならないのだ。

「君塚はなにか心当たりはあるの？」

「いや、さっぱりだ。……ただ」

「ただ？」

俺は唯一頭の中で引っ掛かっていることを、夏凪に話してみることにした。

「わざわざ一年かけて俺たちに伝えた過去の真実に、なぜ間違いを混ぜる必要がある？」

「……それって、シエスタさんは意図的に間違いを仕込んだわけじゃないってこと？」

ああ、その通り。生前のシエスタはあの過去こそが正しいものと信じて、俺たちに真実として伝えた。にもかかわらず、そこに間違いがあったとするならば、それは——

「生前のシエスタが、ミスを犯した」

それ以外に考えられない。あの一年前に起きた事件には、なにかもう一つ裏がある。《シエスタ》は、それを俺たちに解き明かさせようとしているのだ。

「でも、よりによってシエスタさんがそんな間違いを犯したりするのかな」

夏凪が訝(いぶか)しげに眉を顰(ひそ)める。

たしかに夏凪が不審に思うのも分かる。俺も三年間あの名探偵の隣にいて、彼女がなにか決定的な過ちを犯したところなど見たことがなかった。シエスタはいつだって、どうしようもないほどに正しかった。そんな彼女が、一体なにを間違えたというのか。

「君塚でも、シエスタさんのことで分からないことがあるんだね」

するとなつなぎ夏凪が不思議そうに首を傾げてくる。

「てっきりスリーサイズとかまで知ってるのかと思ってた」

「ん、それは無論把握してるが」

三年間も一緒に暮らしていたのだ、知らない方がおかしかろう。

「……いや、有り得ないから。普通は知るタイミングとかないから」

「そうか？　けどまあ触ってたら大体……。…………今のは忘れろ」

夏凪がそっと手を振りほどいてきたため、慌てて訂正する。一応補足しておくと、触ってたというか……偶然こう、触れた時にな。あくまで不可抗力。そう、あれは不可抗力的な柔らかさだった。

それはさておき。

「あの過去になんらかの間違いがあるとしたら、その時の関係者に話を聞いてみるのが手っ取り早いんじゃないのか？」

俺は間違い探しについてそんな提案をする。

「それもそうかも。《シエスタ》さんの言いぶりからすると、一年前の事件に限定していいんだよね？」

「ああ。例の文化祭の黒歴史についてはノーカウントだ」

というか俺が思い出したくない。そういうわけでロンドンと例の《SPES》のアジトで起きた一連の事件の関係者を洗い出していく。

「まず中心になるのは君塚とシエスタさん……それからあたし、だよね」

「だな。逆に言えば、この三人以外で話が聞けそうなやつがいればいいんだが……」

そう考え真っ先に思いついたのはシャルだった。彼女もまた《SPES》のアジトへ乗り込む際に同行していた関係者だ。しかし、間違い探しの話題が出たあの場で特別発言しなかったということは、心当たりはないということだろう。

「えっと、じゃあ、敵の親玉は？」

「シードか……確かにこっちの手の内すら知ってそうな奴ではあるが、そもそも今、どこにいるのかも分からないからな」

……けど、そうだ。なにも力を借りる相手は身内に限らなくてもいいのか。

「うーん、でも他の敵と言えば……」

ああ、一年前のあの事件に関わっているケルベロスとカメレオンはすでに死んでいる。

だがそれならもう一人、最重要人物が残っている。

「ヘル」

俺が言うと、夏凪がわずかに目を見開いた。

「でも、ヘルはシエスタさんがあたしの中に封印したんじゃないの？」

「そう、封印だ。消えていなくなったわけじゃない」

「それを呼び出すの？　それじゃあシエスタさんが閉じ込めた意味が……」

「一年」

俺は重ねて夏凪に言う。

「一年かけてあのシエスタが説得したんだ。きっと大丈夫だ」

それに、これが本当に悪手ならシエスタは中から暴れてでも夏凪を止めるだろう。そうでないのなら、きっとこれはそんなに悪くない手だ。ただし問題は、

「どうやってヘルを呼び出すか」

前にシエスタが夏凪の身体に表出したのは俺がピンチに陥った時だったが。

「もう一回屋上に戻って突き落としたら、ギリ……」

「ギリじゃねえわ。完全なる死だわ」

いけるか……？　みたいな真剣な顔で指先を顎に置くな。助手の命を軽んじるな。

「というか、仮に俺に危機が訪れたとしてもヘルは助けに来ないだろ」

であれば、どうするべきか。俺と夏凪が考えあぐねていた、その時だった。

「話は聞かせてもらいました」

「……！」

突然、何者かの声が割って入ってくる。

そして目の前に現れたそいつは、懐中電灯の光を自らの顔に当てながらこう言った。

「――ヘルを呼び出すなら、どうぞ私にお任せを」

暗闇の中。青白い顔を浮かべた《シエスタ》が、幽霊のごとく立っていた。

「渚、手を貸して貰えますか。君彦が緊急事態です」

「あたしの人生史上、こんなにも綺麗に腰を抜かした人を初めて見た」

◆そして巨悪は再来する

それから十数分後。

ところ変わって俺たち三人は、アパートの一室へ集合していた。

そしてなにを隠そう、ここは俺の一人暮らしの家。今は、かつてシエスタの助手として働いていた間にどうにか貯め込んでいたお金を切り崩して生活している。

「男子の部屋……」

すると夏凪がなぜか落ち着かない様子で部屋をきょろきょろ見渡す。

「まんまと連れ込まれたからには、男に責任を取らせなくては？」

「夏凪、心の中の不自由な日本語が漏れ出てるぞ」

まあ少し元気を取り戻したことは、喜ぶべきことかもしれないが。

「で？　なぜ俺の家なんだ」

俺はもう一方の、素知らぬ顔でずかずかと部屋を歩き回る《シエスタ》に尋ねる。

「騒いでも大丈夫そうな場所のなかで、ここが一番近かったので」

「騒いでもいいなんて家主は一言も言っていないが」

人の話を聞かずに物事を進めるのは本家シエスタ譲りのようだった。

……いや、しかし今はそれよりも。

「探偵が依頼人の助けを借りるって、それはアリなのか？」

自分ならヘルを呼び出せるという彼女の提案につい乗ってしまったものの、よく考えればこの依頼を出したのは《シエスタ》本人なのだ。そんな彼女自身の力を簡単に借りてしまっていいのだろうか。

「やはりバカですね、君彦は」

すると《シエスタ》は俺を一瞥すると、

「シエスタ様ならこう言ったでしょう、依頼人の利益を守るためならなんでもする、と」

……なるほどな。依頼人の願いのためなら、依頼人の力を借りることも厭わないか。

「で？　本当にお前は、ヘルを呼び出せるのか？」

「ええ、もちろん」

するとシエスタ》はさらりとそう言いのける。

「ただそれには少し準備が必要です。……そうですね、まず、この家に鏡はありますか？」

「鏡？　それなら姿見があるが」

なにに使うつもりかは分からないが、俺は部屋のクローゼットに仕舞っていた大きな鏡を引っ張り出す。

「やけに大きい姿見ですね」

「ああ、毎日の筋トレの成果を確かめるために買ったんだ」

「へえ、押し入れに仕舞ってあったようですが」

「ところでこれをなにに使うんだ？」

「一瞬の隙もなく話を逸らしましたね」

さてなんのことやら。ちょうど今日からまた筋トレ再開するつもりだったんだけどな。

本当に、本当に。

「この鏡の中にヘルを呼び出します」

すると《シエスタ》はそんな荒唐無稽なことを言い出した。

「なぜ胡散臭そうな顔をするのです」

「急にそんなオカルトチックな話をされてもな」

「巨大ロボットや宇宙人よりはスケールの小さな話だとは思いますが」

「SFよりファンタジーの方が嘘臭く感じるタイプなんだよ」

オカルトがファンタジーに含まれるかどうかは知らないが。

「では逆に言えば、目で見たものは信じるということでしょうか」

そう言うとシエスタは、自身の腰につけていたなにかを取り外し、俺たちに差し出して見せてくる。

「手鏡？」

夏凪がそれを見て小首をかしげる。

たしかにそれは普通の丸い手鏡のように見える……が、恐らくこれは。

「シエスタの《七つ道具》か」

事件解決のためにあいつが昔使っていた、七つの秘密道具。いつも背負っていたマスケット銃をはじめ、重力を無視した動きができる靴なんかもその一つだったはずだ。にしてもこの《シエスタ》は、七つ道具の一部まで引き継いでいたのか。

「実はこの手鏡には、その鏡面に映したものをカメラのフィルムのように焼き付ける機能が備わっていまして……今からその画像データを取り出します」

そう言うや否や、鏡には様々な光景が浮かんでは消え、浮かんでは消えていく。《シエスタ》はカメラと言ったが、ほとんどビデオカメラのような機能だったらしく、かつて俺とシエスタが旅した道中の様子がそこに収められていた。監禁場所で見せられたあの過去の映像は、どうやらこれを一部加工したものだったらしい。

そして早送りのように鏡の中の映像が進む中、やがてとある一コマを映した時にその動きを止めた。

「これは……あのロンドンで……」

そこに映っていたのは、驚愕の表情で紅い眼を見開いたヘルの姿。

初めてヘルとロンドンで交戦したとき、シエスタはこの鏡を使いヘルの紅い眼による洗脳の効果を逆手に取って一度は勝利を収めたのだった。

「これもあたし、なんだよね」

ふと夏凪が鏡を覗き込んで小さく漏らす。

これが夏凪のもう一つの姿、ヘル。俺は当然一年前に会っていたわけだが、今の夏凪とは髪型も違えば、軍帽や軍服、話し方などその雰囲気もまるで異なる。今こうして両者を見比べてみても、瞳の色以外なにもかもが違って見えた。

「――でも、認めないと」

それでも夏凪は現実と向き合うようにその手鏡を……もう一人の自分を見つめる。

「それで、《シエスタ》さん。どうやったらあたしは、もう一人のあたしと会えるの？」

「いや、さすがにそれは……」

思わず俺はそう口を挟む。屏風から虎を出すことができないように、鏡にドッペルゲンガーを映し出せるはずもない。しかし、シエスタは、

「合わせ鏡」


なんの迷いさえ見せずにそんなことを言う。

「聞いたことはないですか、合わせ鏡の都市伝説を」

「まあ、不吉だとかなんだとかはよく聞くが」

俺が言うと夏凪も小さく頷く。

「合わせ鏡には、こういう噂があるんですよ。曰く——悪魔を呼び出すことができる。曰く——過去と未来を映すことができる」

「……！」

俺と夏凪の見開いた視線が交差する。その噂はまさにどちらも、とある存在を思い起こさせるに十分だった。……だがそれでもやはり非現実的すぎることに変わりはない。

「渚、鏡の前に立ってください」

それでも《シエスタ》は表情一つ変えることなく渚を鏡の正面から数メートルの場所に誘導すると、その手に手鏡を握らせる。すると合わせ鏡となり——小さな手鏡の中にも、夏凪の顔が映った。

「少し準備をします」

すると次に《シエスタ》は、中に火の灯ったランタンを取り出し、部屋の電気を消した。夜も更けてくる時間。部屋にはオレンジ色の炎だけが妖しく揺らめく。それも合わせ鏡の儀式に必要なことなのだろうか。

「それでは、私たちは少し離れていましょう。渚はそのまま鏡の中の自分をじっと見つめてください」

そう言われ、壁際の鏡の前に立つ夏凪を残して、俺たちは少し後ろに距離を取る。

そしてそのまま待つこと数分。

「なにも、起こらないな」

大きな鏡に夏凪が映っているという物理的に当然の現象が起こっているだけで、そこに不可思議な要素は見られない。ましてやヘルが姿見に現出するなんてあり得ない。

「なあ《シエスタ》、これになんの意味が……」

と、俺が痺れを切らし口を開いた。その時。

「もう一つ、トリガーが必要なようですね」

《シエスタ》が夏凪のもとに近づいたかと思うと、彼女の髪を結んでいた赤いリボンを外した。

「……！」

次の瞬間、鏡のなかの紅い瞳が大きく見開かれた。

シエスタのリボンという縛りがなくなったその姿は、もう一人の誰かを思い起こさせる。

暗闇のなか、オレンジ色の炎に照らされて、夏凪は鏡面に指先を伸ばす。

「もう一人の、あたし……？」

うわごとのように呟く夏凪。その右の手のひらが鏡面に重なる。そして夏凪は一度ギュッと目を瞑ると、数秒後、再び紅い眼を見開く。

「夏凪？」

俺の呼びかけに夏凪は振り返らない。

その代わりに——鏡の中の夏凪は、目の前にいる夏凪自身に向けてこう言った。

「久しぶりだね、ご主人様」

◆誰も知らないあの日の話

「あれはヘル、なのか？」

鏡の中に立つ紅い眼をした少女。もちろん姿は夏凪渚（なぎさ）のままだ。

だが鏡の中の彼女は、

「久しぶりだね、ご主人様」

姿見の前に立つ夏凪に向かってそう言った。

ご主人様。それは一年前、ヘルがアリシアを……すなわち夏凪を呼称する時の呼び方だった。つまりは今、これを喋（しゃべ）っているのは。

「もう一人のあたし、なの？」

夏凪が数歩後ずさりをしながら、鏡に向かって話しかける。

「そうだよ、ボクはもう一人のキミ。コードネームをヘルという」

そして鏡の向こうの人物がそう答えたかと思うと、

「懐かしい顔ばかりだね」

距離を置いて後ろに立っていた俺と《シエスタ》にまで、鏡越しに視線を向けてきた。

「ほら、いつかボクの言った通りだ。キミはいずれボクのパートナーになるとね」

それは一年前、俺が彼女に連れ去られた時に言われたことだ。

未来を記す《聖典》には、俺とヘルがパートナーになることが定められていると。

だけど――

「悪いな。俺がパートナーを組んでるのはお前じゃなく、お前のご主人様の方だ」

一年前にも何度も言ったが、《聖典》なんかの言いなりになるつもりはない。

「相変わらずつれないね」

すると鏡の中の人物が薄く微笑(ほほえ)む。

あれは本当に、あのヘルだと言うのか……？　隣の《シエスタ》の様子を窺(うかが)うが、相変わらずの無表情で前を見つめるばかりである。

「それで？　わざわざ一年ぶりにボクを呼び出してなんの用？」

そう言いながら鏡の少女は「まさか」と呟(つぶや)き目を細めると、

「またボクに苦しみでも押し付けるつもり？」

そんな皮肉を夏凪(なつなぎ)にぶつける。

一年前、最後の戦いの時に言っていた通り、ヘルは夏凪が《SPES(スペース)》の実験の苦しみから逃れるために生み出したもう一つの人格である。だからこそここまで歪(ゆが)んだ、凶悪な存在になってしまった。

「違う」

俺は思わず二人の話に割って入る。

「一年前の出来事について……シエスタについて、お前に訊(き)きたいことがあるんだ」

《ジャック・ザ・デビル》にまつわる一連のあの事件。その中心人物だったヘルであれば、シエスタがその時に犯したという誤りについても気付いているかもしれない……そう、期待したのだが。

「知らないね」

一刀両断、ヘルは首を振る。

「ただでさえこの一年間、ボクはあのメイタンテイのせいで外の世界に出られなくなって、腸（はらわた）が煮えくり返ってるんだ。ボクの前で二度とその名前を出さないでほしい」

そう言うとヘルは忌々（いまいま）しそうに、鏡面の前に立つ夏凪の左胸を睨（にら）みつける。

「……だったら」

すると今度は、言われた側の夏凪が鏡の中の自分を見つめ返す。

「代わりに、あなたのことを教えてほしい」

それは、別の角度から攻めようとする作戦なのだろうか。まずはヘルに対話を促し、そこから一年前の事件に……あるいはシエスタについて話題を移していこうと。

「ボクのことを知りたい？　はは、なにを今さら」

しかしヘルは、やはり鏡の中で嘲るように唇を歪める。

「語るべきことなんてなにもないよ。あったとしても、それはもう、一年前の戦いのなかで十分語り尽くした。その結果ボクは敗北し、惨めにご主人様のなかに封印されたわけだ。

それともなんだ？　やっぱり無様なボクを笑おうとでもしてるのか？」

「違う！」

その時、夏凪が鏡に向かって叫んだ。

「あたしが言ってるのはそういうことじゃない。使命だとか、戦う意味だとか……そういう面だけであなたを知ることはできない」

「……じゃあ、ご主人様はボクのなにが知りたいと？」

ヘルはどこか困惑したように眉を寄せる。

「えっと、それは…………しゅ、趣味とか？」

お見合いか。

ほら見ろ、あのヘルがなんとも言えない呆れ顔になってるぞ。

「——でも、本当にそうだから」

しかし夏凪は主張を曲げず、真剣な顔つきに戻り鏡を見つめる。

「あたしが知りたいのは、たとえばあなたの好きな紅茶のフレーバーで、たとえばあなたは流行の音楽を聴いたりするのかってことで、たとえばあなたがお風呂は長風呂するタイプなのかどうかっていうこと。あたしはそういうあなたを知りたいんだ」

だから、と夏凪は鏡に向かってもう一歩足を踏み出し、

「あなたのことを、あたしに教えて」

もう一人の自分に、そう語りかけた。

……ああ、そうだ。夏凪はそういうやつだ。

それが彼女の激情。作戦なんて最初から関係ない。

彼女はただ純粋に、もう一人の自分との対話を望んでいた。

「……くだらない」

しかし、そんな呟き（つぶや）がすぐさま夏凪の激情を否定する。

「それにボクのことなら、ご主人様自身が一番よく知ってるはずだよ」

「それって、どういう？」

夏凪は一転、困惑したように首をかしげる。

「だって、ボクを生み出したのはご主人様自身だ。だったら、ボクに聞くよりも自分の記憶を辿（たど）った方が早い」

記憶を辿る——そうだ、一年前のあの映像を見たからと言って夏凪は、まだ十八年分すべての記憶を取り戻したわけではない。これまで彼女はヘルという別人格に、記憶や感情の多くを委ねていたのだ。

「けど、それは今の夏凪にはどうしようもない問題で……」

「だったら」

と、俺の言葉をヘルが遮った。

「そこまで言うのなら、ボクがほんの少しだけ手伝ってあげよう。ボクの……そしてご主人様の記憶を、共に取り戻してみよう」

そうして、ヘルの紅い眼が光った。

「さあ、ボクに代わって語ってごらん——ご主人様自身の物語を」

◆もうひとつの語られるべき過去

朝、目覚める度にいつも思うのは「このベッド固すぎない？」ということだった。

「腰痛あ……」

あたしは、ばきばきと骨を鳴らしながらぐっと伸びをする。

成長期の子どもに対してこの扱いはどうなんだ？　と思わないこともないものの、実際に文句を言うことはできない。こうして面倒を見てもらえているだけ感謝しなきゃダメだ。

「体温、測らないと」

あたしは日課である起床後の検温を行う。パジャマの中に体温計を差し入れる……と、自然に自分の右手に刺さっている点滴の針が目に入った。いつも通りの光景だけど、針が刺さっているのを見るのはあまり良い気持ちはしない。

「37・2℃と」

熱は、ほぼいつも通り。紙に記録し、あたしは朝ご飯の時間が来るまでまた固いベッドに潜り込む。こんな生活を、あたしは生まれてこの方もう十二年も続けていた。

生まれつき心臓に疾患があり、病室で大人しく暮らす生活。外で友だちと遊ぶこともできず、あたしを訪ねてくるのは回診にくるお医者さんだけ。

というのも、あたしには親がいなかった。なんでも生まれてすぐに捨てられたらしい。

つまりは天涯孤独と不治の病という、今どきお涙頂戴のドラマでも採用されない薄幸ヒロインの設定を担わされていた。そして今あたしがいるのは、あたしと同じく親に見放された子ども達が集う施設にある病室だった。

「……はあ、可哀想」

あたしはあたしに同情する。どうして自分だけこんな目に遭わなければいけないのか。

「あーあ。どっかの王子様が迎えにきてくれないかな」

そしてこの固いベッドからあたしを遠い国へ連れ出してはくれないだろうか……なんていうのは痛すぎる妄想だろうか。

「王子様じゃない私は出直した方が良かったかな――ナギサ」

突然、あたしの名前を呼ぶ声がした。その方向に目を向ける……と、窓に人影が映っていた。ちなみにこの部屋は建物の三階だ。まったく、毎回よくやるなあと苦笑が漏れる。

「なんで無視するかな」

するとその人影は窓の外側から謎の器具を差し込み、鍵をこじ開け部屋の中に入ってきた。どうやら知らんぷりはできなそうだ。

「なんの用よ――シエスタ」

あたしはその乱入者に、わざとらしく白い目を向ける。

「せっかく友だちが遊びにきてあげたというのに、相変わらずつれないね」

すると彼女――シエスタは、慣れた様子で病室の隅から丸椅子を持ってきて、ベッドの側に腰を下ろす。あたしを訪ねてくる人は医者ぐらいしかいないと言ったけれど、そういえば忘れていた。最近あたしには悪友たちができたのだった。

まずはそのうちの一人、シエスタ。

白銀色の髪の毛に青い瞳。純日本人のあたしからすると、羨ましい限りの容姿だった。

「あれ、なんか顔汚れてない？」

ところが、シエスタの頬が黒くすすのようなもので汚れていることに気づく。本来なら

その髪の毛の色に負けないほど真っ白な肌のはずなのに。

「ああ、ちょっと爆弾を作ってたら失敗して汚れた」

「泥団子を作ってたみたいなノリで言わないで」

朝っぱらからこの子はなにをやっているのだろう……。

「もう爆弾作っちゃダメだよ」

あたしは一生のうちに二度と言わないであろう台詞でシエスタを諭す。

「でも、なにかを爆破させたい日が来るかもしれないよ。会社とか」

「どんな理由があっても会社を爆破させないで」

仕事が嫌で会社に爆弾をしかけて逮捕される友人とか絶対にお断りだ。

「まあ、けど最初に爆弾を作ろうって言い出したのはあの子なんだけどね」

「……あー」

あたしがそう、嫌な納得の仕方をしていると。

「誰があの子よっ。ちゃんと名前で呼んでよ」

そう言ってシエスタに続いて窓からひょっこり顔を現したのは、長い桃色の髪の毛を持つ少女だった。見た目はお人形のように可愛くて……だけどこの通り、到底お淑やかとは言いがたい、悪友その二である。

「……はあ、あんたまで来ちゃったか」

並んだ彼女たちを見て、あたしはがっくりと肩を落とす。なにを隠そう二人が揃うと、フットボールを観るために集まったアメリカ人のホームパーティ並に騒がしくなるのだ。

「なにそのリアクション！　なーちゃん、ひどい！」

すると彼女はよほど不服だったのか、病室に降り立ち、ぽかぽかと力なくあたしを殴ってくる。

「わたしたち仲良し三人組でしょ！」

「そんな時代もあったね」

「現在進行形！　ちゃんと三人で遊んだことも日記に毎日つけてるんだから！」

「はいはい、分かったから。あーちゃん」

この二人こそ、あたしに最近できた悪友。

そして二人は、本当に変わった子どもだった。

この施設にいる子ども達はみな、大人の言うことをよく聞く。それは多分、もう大人から見捨てられるのが怖いという強迫観念から来るものだと思うんだけど、二人にはその感覚がまったくない。だから爆弾だって作るし、立ち入り禁止のはずのあたしの病室にも、壁をよじ登ってやってくる。まったく、呆れるほどにおかしな子たちだった。

「なんでナギサがやれやれ、みたいな顔で私たちを見てくるのかな」

するとシエスタが不満げに、じとっとした目をあたしに向ける。

「いや、手が掛かる子どもって可愛いなと」

「……この三人の中では私が一番大人だと思うけど」

「残念でした、大人は自分のことを大人って言いません」

「なーちゃん、わたしのこと可愛いって言った？　えへへ、見て見て～、このワンピース手作りなの！」

「そういう意味で言ってないし、ぐるぐる回んないの。パンツ見えるよ」

「わ、ほんとだ。じゃあ、しーちゃんも回ろう。そんで多数決でなーちゃんに勝とう」

「そんな多数決に参加したくないし、そもそも私をしーちゃんって呼ばないで……」

あたしたちの会話と言えば、いつもこんな感じだった。誰かがバカなことを言って、誰かがそれにツッコんで。そうやって誰からともなく笑い出す。

そんな毎日を、あたしは――

「失礼するよ」

と、その時。ノックの音と共に、白衣を着た六十歳ぐらいの男性が病室に入ってきた。

「気分はどうかな……っと、君たちもいたのか」

医者にしてこの孤児院の施設長でもある彼は、あたし以外の二人の存在に気づき苦笑する。だが彼女たちに怒っても意味がないことをもう、彼は嫌というほど知っていた。

「これ、彼らからの差し入れだよ」

「……？　わあ！」

そう言ってあたしに手渡されたのは、新しい熊のぬいぐるみだった。ちょっと子どもっぽい気もするけれど、でも素直にとても可愛い。

「たしか娘さんがいて、君たちより三つぐらい年下だって言ってたから、自然とそれに合わせてしまってるのかもね」

これをくれたのは、とある日本人の資産家夫婦。なんでもこの孤児院に多額のお金を寄付してくれているらしく、また定期的に、あたしたちにこうしてプレゼントをくれていた。会ったことはないけれど、あたしたちのことを考えてくれていると思うと嬉（うれ）しかった。

「それで、用件はなんですか」

シエスタが、ふいに医者に尋ねた。それはまるで、彼があたしにプレゼントを贈るためだけにここへ来るはずがないと、分かっているかのようだった。

「……君には敵（かな）わないなあ」

すると医者は再び苦々しい微笑を浮かべると、

「実は、今日はみんなに朝食の前に協力をしてもらいたくてね。胃になにも入っていない状態じゃなきゃダメなんだ」

あたしたちに、そんな提案をしてきた。

「そう、分かった」

するとシエスタは、いたずらに抵抗をすることもなく頷く。あーちゃんも慣れたように「仕方ないなあ」と腰に手を当てながらも、それを受け入れた。……だけど、あたしは。

「随分、嫌そうだね」

医者の男はあたしの顔色を見て、困ったように呟く。いつも、いつも繰り返されるこのやり取り。だけど、なにを言われても、どうしてもそれだけは──

「これは君たちのためでもあるんだ。分かってくれるね？」

「……はい」

でも、本当は分かっていた。いつだって最後には、あたしは大人たちの言うことに従わなければならないことを。

「協力ありがとう──６０２番」

すると男は満足げな笑みを浮かべ、用事はもう済んだのか、すぐに出て行こうとする。

そんな彼に対して、あたしは、

「違います」

なにか言い返さないとダメな気がして、背中越しに言う。

「あたしの名前は６０２番じゃない──ナギサです」

ナギサ──それはシエスタがあたしにつけてくれた名だった。

ここでは番号でしか呼ばれないはずの、あたしにくれた名前。

「……そうだったね」

医者はもう一度振り返ると、柔らかい笑みを浮かべて出て行った。

「ナギサ……」

シエスタは、なにかを言いたげにあたしを見つめる。

「うん、分かってる」

そして、これから数時間続くであろう苦痛を思いながら、あたしは頷いた。

あの医者が言っていた協力とは、この施設で行われる投薬実験のことだ。

この孤児院の運営費は、子ども達に対する治験モニターによって賄われていた。

◆それはまるで探偵のような

投薬実験は、およそ二週間に一度のペースで行われていた。

施設に集う子どもたち数十人が被験対象で、心臓に疾患のあるあたしもその例に漏れず、毎回必ず参加させられていた。健康状態にない人間だからこそ計れるデータもあるということだったが、その分あたしの身体(からだ)への負担は人よりも大きい。

治験には多くの副作用が伴い、発熱や嘔吐(おうと)、また焼かれるような痛みが全身に走ることさえあった。でもこのあたしたちの頑張りが施設の運営を支えている……そして未知の病に対する、治療薬を作る手伝いができているという使命感が、子どもたちを支えていた。

そしてもう一つ、あたしには特別頑張れる理由があった。

悪友の存在だ。

まずはシエスタ——ずっと一人だったあたしに、数ヶ月前にできた友達。どこの施設から来たのか、どこの国の出身かも分からない。でも彼女は、ふさぎ込みがちだったあたしの元に毎日のように遊びに来てくれて、話し相手になってくれた。

そしてそれをきっかけに、さらにもう一人の仲間が増えた。あーちゃんは、シエスタがある日「おもしろいのを見つけてきた」と、まるで新しいおもちゃかのように連れてきた少女だった。だけどその言葉に違わず彼女といると本当に飽きなくて……なんだかんだ言いつつも、あたしは二人が遊びに来る日を楽しみにしていたのだ。

——それなのに。

「なんで来ないのよ」

あの治験の日を最後に、一日経って、三日経って、一週間経って——二人はまったく病室に現れなくなった。あたしがなにか気に障るようなことを言ってしまったのだろうか。それとも、彼女たちの身になにかあったとか……。

「……どこいったのよ」

でも、今のあたしにできるのは、ただ二人がまた病室に来てくれるのを待つことだけ。淋しいけど仕方ない。どうせあたしは最初から一人だったのだ。それにシエスタとは結構喧嘩になることも多かったし、これで良かったのだろう。淋しいけど仕方ない。

……淋しいのか、あたしは。

わがままな自分に嫌気が差す。そんな嫌な自分を、どこかへ捨てたくなる。

あーあ、こんなあたしを、誰かが肩代わりしてくれたらいいのに。

「はあ」

あたしは誰にも聞かれることのない大きなため息をついた。

「ため息をつくと、そのたびに婚期が一年遅くなるらしいよ」

その時、ベッドの下からシエスタの首がにゅっと生え出てきた。

「ぎゃあああああああああああああ！」

思わずあたしは彼女に向かってぬいぐるみを投げつける。

「こら、大声を出すと私が捕まってしまうよ」

「こんなやばい人間は早く捕まってしまえ！」

び、びっくりした、心臓が止まるかと思った……。

あたしが心臓が悪いということをこの子は忘れているのか。勘弁してほしい……。

「淋しかった？」

「……別に。久しぶりに一人っきりを満喫してたし」

あたしはシエスタからの追及を避けるようにベッドに入り直す。こういう時は天井の模様でも見ながら無視するのに限る。

「嘘をつくと婚期が遅れるよ？」

と、今度はその天井がぱかっと開いて、あーちゃんの顔が現れた。

「ぎゃあああああああああああ！　本当にあたしの心臓を止める気か！」

そして二人して、聞いたことのない謎の説を唱えるのをやめてほしい……。どれだけあたしの婚期を遅らせたいのか。

「実は、ちょっとだけ真面目な話があってね」

するとシエスタは「よいしょ」とベッドから這い出てくると、あたしの横に置かれた丸椅子に座る。

「あれ、わたしの席は？」

と、天井にいるあーちゃんがシエスタに訊く。

「キミはそのままうつ伏せで待機」

「しーちゃん、もしかしなくても、わたしに冷たくない？」

シエスタは天井のあーちゃんに目をくれず、あたしに話し始める。

「私もこの施設に来て三ヶ月が過ぎたけど、少し気になることがあってね」

するとシエスタは、なぜか部屋をキョロキョロと見渡し……やがて、さっきあたしが放り投げてしまった熊のぬいぐるみを拾い上げた。

「こうして外部から寄付金も得てるのに、どうして治験なんかが必要なんだろうってね」

どうやらシエスタは、施設の運営費を治験によって発生するお金に委ねているという説明に疑問を抱いているらしい。たしかに、もしも施設側が子ども達を治験の道具にすることでお金を余分に稼いでいるとすれば、それは問題だ。本当は受けたくない投薬実験も、ここでの生活を守るためにみんな耐えているというのに。

「それに、これ」

するとシエスタは、熊のぬいぐるみの背中側についていたジッパーを開けた。すると中から、なにかがこぼれ落ち……あたしは思わず目を見張る。

床に落ちたその小さく丸い、ボタン電池のような機械は——

「盗聴器」

天井にいるあーちゃんが頬杖をつきながら答えた。

「この施設は、わたしたち子どもになにかを隠してる」

「……！　あたしたち監視されてるってこと？　ならこの会話も聞かれてるんじゃ……」

あたしがそんな心配をすると、

「大丈夫」

シエスタがきっぱりとそう言い切る。

「この部屋の会話は既に、ダミー音声にすり替えられて流れるように設定してる」

「ちょっと待って、いつの間にあたしはスパイ映画に出演してたの！」

「その準備もあってここ一週間は遊びに来られなかったんだ、ごめんね」

「だから準備ってなに！　どうやったらそんなことができるの！」

はあ、ツッコミが追いつかない。少しはあたしの身体を気遣ってほしい。

……ん？　身体を気遣う？

「もしかして、あたしのために？」

なぜシエスタが今このタイミングで施設に対して不信を抱き、行動を始めたのか。

それはこの前、シエスタの目の前であたしが治験を嫌がったからではないのだろうか。

「なんのことかな」

しかしシエスタはなにも気付いていない素振りで、すっと席を立つと、

「私はただ、この施設に隠された秘密を解き明かしたいだけだよ」

どこか遠くを見つめるようにそう言った。

「……ふふ」

そんな彼女の後ろ姿を見て、ついあたしは笑ってしまう。

「笑われるようなことをしたかな、私は」

シエスタはバカにされたと思ったのか、普段は見せないふくれっ面をあたしに向けた。

「違うよ」

あたしは微笑みながらそれを否定する。

ただ、あたしはシエスタを見て、

「なんだか、探偵みたいだね」


そんなことを、思ったのだった。

「それじゃあ、しーちゃん。お願い」

「了解。よいしょっと」

するとシエスタが、あーちゃんの指示に従ってなぜかあたしを背中におぶった。

「え、なに？　なになになに……」

「そういうわけで、ここからはナギサにも付き合ってもらうから」

そしてシエスタは例のごとく窓を開けると、窓枠に足を掛ける。

「ちょっと待って待って待って！　待って？　なにする気!?」

圧倒的に嫌な予感がする……が、もはやあたしに選択権はなかった。

なぜならもう、シエスタはあたしを背負ったまま——跳んでいた。

「大丈夫、私の靴は宙を走れるから」

「そんなわけあるかあああああ！」

あたしは目を瞑り、己の最期を悟った。

◆女の子だって秘密基地には憧れる

「ん、気がついたみたいだね」

シエスタの声だ。目を開けると、彼女の美しい顔が飛び込んできた。

あれからあたしは気を失っていたのか。寝かされていたソファでむくりと身体を起こすと、見慣れぬ部屋にいることが分かった。

「ようこそ、わたしたちの秘密基地へ！」

今度はあーちゃんだ。声のした方を振り返ると、彼女は得意げに腰に両手を当てて立っていた。

「秘密基地？」

言われてあたしは辺りを見渡す……と、今いる部屋が少しおかしいことに気付く。

「これ、全部段ボール……？」

そう。ここは、壁も、テーブルも、今あたしが寝ているソファでさえもすべて段ボールで作られた、段ボールハウスだった。

たしかに秘密基地感は満載だけれど……問題はここはなにをするところで、なぜあたしはここに連れて来られたのかということだ。

「ここは私たちの作戦本部なんだ」

するとシエスタは、やはり段ボールで作られた椅子に腰掛けながらそう言う。

そして、私たちというからには当然もう一人の悪友も一枚嚙んでいるらしく、

「頼まれてわたしが作ったんだ。もう、しーちゃんってば、こうって決めたら止まらないんだもん」

あーちゃんはオーバー気味に、やれやれと手のひらを天井に向ける。

「……だから私をその気の抜けたあだ名で呼ばないでほしい」

シエスタは珍しく気恥ずかしそうにそっぽを向く。

やけに大人びている彼女だが、ちゃんと子どもっぽいところもあって安心する。

「それで、作戦本部って言った？」

「そう。私たちはここを拠点にレジスタンスを続けていた……大人たちに反撃をする作戦を練りながらね」

そう告げるとシエスタは、部屋にあった段ボール製のクローゼットを開いた。

するとそこにあったのは。

「なに、これ……?」

フィクションの世界でしか見たことのないような数々の武器。詳しい名称なんて分からないけど、色んな形の銃や刃物が並んでいた。まさか、これを作ったのは……。

「えへへ！　わたしが作った！」

あーちゃんが、あたしにピースサインを向けてくる。

さすがは爆弾をも作って遊ぶ少女。あーちゃんは《発明品》と称して様々な遊び道具を作っていたことから、他の子ども達に慕われていた。だけど、まさかこんなとんでもないものまで作り出していたとは……。

「でも、本当にこんなのが必要なの?」

あたしは直接触れる勇気もなく、それらの武器を遠目に見ながら二人に訊く。

「こんな物騒なものを用意するってことは、本当に大人たちと戦うつもり?」

いや、そもそも本当にこんな反抗をする必要があるのだろうか。大人たちは……この施設は、あたしたちになにを隠しているというのか。

「さあ、まだそれは分からない」

シエスタは静かに首を振る。

「でも、もしもに備えておいて損はないからね。トラブルは、それが起こる前に解決しておくぐらいの気持ちでいるべきだよ」

「……む、難しいことを言っている」

本当にこの子はあたしと同い年なのだろうか。いや、まあ、はっきりと年齢を教えてくれたことはないのだけれど。

「だから、どうかな」

するとシエスタが、あたしに問いかける。

「私たちと一緒に、ナギサも戦ってはくれないかな」

正直に言えば、怖かった。

でもそれは決して大人たちへ逆らうことに対する畏怖でも、隠された真実を知ることへの恐怖でもない。ただ、なにかが決定的に変わってしまうことが怖かった。

もちろん、今自分を取り巻く環境に納得しているわけではない。もしも真実を解き明かすことでこの投薬実験の苦痛から解放されるのなら、どれだけ良いか分からない。

だけど、この十二年の人生が。あたしを病室のベッドに縛り続けた十二年の人生が、どうやってもあたしの足を掴んで離さなかった。

「あたしは……」

すぐに答えが見出せず、つい俯いてしまう。

すると、そんなあたしを見てシエスタは、

「いつか堂々と、真昼の海でも見にいこう」

初めて私たちが出会ったときを思い起こさせるようなことを言う。そして、

「心臓も治して好きなだけ波打ち際を走り回ろう。でも、そんな未来を作るためには――なにかを変えなくちゃ」

シエスタはそう言って、座ったままのあたしに向かって左手を差し出した。

「……しょーがないな」

あたしは、やれやれとこれ見よがしにため息をつくと、

「手伝ってあげる！」

その手を取って立ち上がったのだった。

「……むう。なんで二人だけの世界に入るかな」

すると、不機嫌そうな子が一人。あーちゃんが、腕を組んで仁王立ち……と呼ぶには些か迫力に欠けた姿であたしたちを見つめていた。

「いじけないの。あとで抱き締めてあげるから、ナギサが」

「しーちゃんのばか！　なーちゃ～んっ！」

「わ、なんか油臭い……」

「発明品を作ってただけなのにっ！」

地団駄を踏むあーちゃんを見て、あたしたちは笑う。

この三人なら。きっとあたしたちなら、どんな変化も困難も乗り越えられる。

いつの間にか不安も迷いも、あたしの中から消し飛んでいた。

「それじゃあ、改めて」

あたしは、三人で円陣を組めるような位置に立つと、

「三人で、この施設の秘密を解き明かそう！」

二人に向かって、右手の甲を差し出した。

「え、ああ。そういうノリやるんだ」

「あはは、なーちゃん意外と子どもっぽい」

「最後の最後で梯子を外さないで！」

そうしてあたしたちは笑って怒りつつ「おーっ」と、誓いを共にしたのだった。

「……まったく」

よもや、最後にこんな形で恥を掻くことになるとは……。あたしは一人、ソファに戻って頬杖をつく。

「ん？」

ふと改めて部屋を見ると、窓際にたくさんの玩具やぬいぐるみが置かれていることに気付いた。いつものおじさんおばさんがくれたものなのだろうか。ただ、あーちゃん一人で貰ったにしては数が多すぎる気もするけれど。

……まあでも、今言えることとしては。

「あーちゃんの方が百倍子どもでは？」

◆本当の敵

それから数週間後。

「痛っ！　シエスタ、今あたしの足踏んだでしょ」

暗い建物の中を歩きながら、あたしは隣を歩くシエスタに文句を言う。

「え、踏んでないけど」

「……嘘でしょ。じゃあ、今のって……」

暗闇の中。急に背筋が寒くなり、あたしは思わずシエスタの腕を取った。

「嘘だけど」

「どうしてそんな悪意百パーセントの嘘がつけるの！」

本当にこの子は……。まさに人をからかうためだけに生まれてきた存在のように思える。とてもあたしでは真っ当に付き合い切れないから、いつか代わりを務めてくれるパートナーが現れることを祈るばかりだ。

「……それで？　本当にこの先に敵はいるの？」

あたしは声のボリュームを落としながらシエスタに尋ねる。

「うん、間違いない。建物中の映像は今や、私たちの手の中にあるからね」

監視カメラの遠隔操作。建物内のどこに誰がいるかは丸わかりで、それを今監視して、あたしたちに指示を出しているのがあーちゃんだった。彼女は例の作戦本部で、問題がないかを見守ってくれているはずだ。

「いよいよ、だね」

あたしは改めてそう言い、自分を奮い立たせる。

「これが私たちの答え。もう彼らの言いなりにはならない」

「……うん」

あれから数週間にわたってあたしたちは、シエスタをリーダーに、この施設のことを調べ上げた。

盗撮、盗聴、偵察行為。あーちゃんの発明品も利用して情報を集め続け——やがてとある真実を突き止めた。そして今日、あたしとシエスタはそれを敵に突きつけてやるのだ。

もちろん、それはこの生活に変化をもたらす。

この弱い身体(からだ)のせいでほとんど友だちと遊ぶこともなく過ごしてきた十二年。でも最近になってあたしには、悪友とも呼ぶべき友人が二人もできた。この施設を敵に回してしまえば、あたしたちは離れ離れになるかもしれない。それがまったく淋(さび)しくないかと言われると、首を縦に振ることはできなかった。

「だったら、やめる？」

と、あたしの思考を読んだようにそんな甘い言葉が囁かれた。

「性格悪いなあ、シエスタは」

だからあたしは、それを吹き飛ばすように不満たっぷりに言ってやる。

たしかに迷う気持ちはあった。いっそのこと、彼女たち二人に任せてしまおうかとも考えた。だけど、今ここで逃げたら、きっとこの先後悔すると思った。

これはチャンスだって。固いベッドの上から……鳥籠から自分で飛び出す最後の機会だって、そう思った。

だから、あたしは——

「やるよ。あたしだけ仲間はずれなんて、許さないから」

そう言ってあたしはポケットの中に手を入れると、固い感触が伝わった。

ただ願わくは、これを使わずに済みますように。

「……まったく、君たちは子どもだね」

シエスタはそう言いながらも、柔らかく微笑んだ。

それからしばらく歩いて、やがて目的の場所に辿り着いた。それは地下へと向かうエレベーター。あたしたちは頷き合ってそれに乗り込み、地下へと降り立った。

扉が開き、まず目に飛び込んできたのは、幾つもの大きな貯水槽。緑色の液体で満たされたタンクの中にはなにかがチューブで繋がれて入っていた。

「おや、来客かな」

すると、そんな第三者の声が部屋の奥から聞えてくる。

「まだ実験の時間には少し早いみたいだけれどね」

そんなことを言いながら出てきたのは、白衣を着た眼鏡の男——あたしの主治医にしてこの孤児院の施設長だった。

「それが、人造人間？」

シエスタが、巨大なタンクの中身を指差しながら男に尋ねた。

「……ほう、随分と調べ上げたみたいだね」

彼は唇の端を上げ、言外にシエスタの仮説が正しいと認めた。

それがあたしたちの掴んだ、この施設の秘密。

彼らがここで行っていたのは普通の治験ではなく——人体実験。

それは、とある未知のエネルギー体を体内に注入することで、常人とはかけ離れた身体能力を与えるための試み。その試行実験を、身寄りのない子どもたちに対して繰り返し行い、やがて《人造人間》を生み出すことが、彼らの目的だった。

「あなたも、《人造人間》なの？」

そしてシエスタが重ねて施設長を問い詰める。すると、

「俺は《原初の種（シード）》だ」

突然、男の口調が変わる。それと同時にその見た目も様々な姿に変化していく。金髪でオールバックの男性になったかと思いきや、身体（からだ）がぐにゃりと歪（ゆが）み、今度は長い髪の妖艶な女性に変身する。そして最終的には――

「今はこの姿が最も馴染（なじ）むな」

白髪の、細身の青年が姿を現した。

……いや、青年とは言ったものの本当に男性かは分からない。その整った顔は、見ようによっては女性のようにも見え……なんといったらいいのか、その無性性、あるいは両性性は、どこか神々しさすら放っていた。

「だが所詮はこれも仮の姿。そしてそこに入っている連中も、決して本物ではない」

するとシードと名乗った青年は、タンクの中身を透き通った瞳で見つめながら言う。

「それらは俺の一部を切り取って生まれた複製物だ」

「じゃああなたは、子どもたちを使って本物の《人造人間》を作ろうとしていると？」

「まあ、今は概（おおむ）ねその理解で構わない」

《人造人間》という言葉はあまり好まないが、とシードは言い添える。

「なんのために？」

あたしは思わず、二人の会話に割って入る。

「戦争？　お金？　……どうしてあたしたちは、あなたの犠牲にならなくちゃいけなかったの？」

それは十二年間この施設にいて、あたしもずっと気付かなかったこと。

──子ども達が、何人もこの施設から消えている。

昨日まで隣で治験を受けていた子どもが、翌日にはどこかへいなくなっているのだ。

きっと彼らは、実験の途中で亡くなっていて……そしてあたしたちはその記憶を、薬かなにかで消されていた。

「金、軍事力、たしかにそれらを得るべくこの俺の力を利用しようとする者はいる。だが俺自身はそんなもの、微塵(みじん)も興味がない。ただ俺を突き動かすのは──この飽くなき生存本能だけだ」

シードはそう無表情で告げると、あたしたちの前にふらりと立ちふさがる。

「それで、どうする？　この施設の真実と俺の目的を知り、その事実を突きつけてみせたところで一体何になる？」

「もちろん、無理矢理(むりやり)にでも止めさせる」

次の瞬間、シエスタが背負っていたマスケット銃を構えた。当然これもあーちゃんの発明品だ。

「脅しか？」

「本物だよ」

そう言ってあたしも、爆弾のスイッチを服の中から取りだした。

この施設は、海に囲まれた孤島の上に立っている。逃げられないことが分かっているなら、あたしたちはもう戦うしかないのだ。

「これを押したら、この研究所は粉々に吹き飛ぶ」

あたしはその赤いスイッチに親指をかけようとする。これを押せば、もちろんあたしたちだってタダでは済まない。でも、交渉を進める上では役立つはずだ。

「——やはり、まだ未熟だな」

けれどその時、無表情のはずのシードに一瞬失望のような色が見えた気がした。

「だがしかし、計画はこれからだ」

「……さ、さっきからなにを言って！」

まったく相手にされていない気がして、あたしはもう一度スイッチを差し出すようにアピールする。

「自己犠牲か、くだらない。押す勇気がないことぐらい、その震える指先を見れば分かる」

「っ、あたしは！」

そう、反論しようとしたところで。

「では、押してみるか？」

その刹那、シードの眼が紅く光った。

「……え？」

するとなぜかあたしの親指が、意に反してボタンに吸い寄せられていく。

「待って、待って待って！　なんで！　いやだ……！」

このままだとあたしの親指はボタンを押してしまう。そしてあたしは、この爆弾が本物であることを知っている……っ。

「っ！」

異変に気付いたシエスタが、シードに向かって銃を構え、躊躇いなくトリガーを引く。

「……？　出な、い？」

しかし、銃口から弾丸は放たれない。そしてそうしている間にも、あたしの親指は赤いボタンを押していた。だけど——

「なにも、起きない？」

それは一見助かったように見えて、けれどもう一つの大きな問題を意味していた。

あーちゃんが作ったはずの発明品が、二つとも不発に終わったのだ。

これは偶然？　運が悪かっただけ？　――それとも。

「この程度の未来、はるか昔から知っていた」

シードがそう呟く。そして。


「ダメだよ～、二人とも」


背後から、第三者の声が聞こえてくる。

恐る恐る振り向いたあたしに向かって、桃色の髪の女の子はこう言った。

「そんな物騒なものを、わたしのボスに向けちゃ、さ」

◆あたしが最後に呼んだ名は

「あーちゃん……？」

あたしは今目の前で起きている現実が受け止められず、思わず爆弾のスイッチを床に落とした。しかしそんなあたしの脇を、あーちゃんは薄く笑いながら通り過ぎていくと、やがてシードのそばに立った。

「どうして、あなたが」

あたしの隣でシエスタも、険しい表情で目を細める。きっとその脳裏に浮かんでいる仮説が、当たらないでほしいと祈りながら。

「あはは、ごめんね。わたしは最初からこっち側の人間なんだ」

けれどあーちゃんは、そんな残酷な事実を突きつける。

「実はとっくの昔に知ってたんだよね、この施設から子ども達が消えてるってことも」

それは最近になって判明した事実のはずだった。人体実験に失敗した子ども達は死んでしまっていて、あたしたちもその記憶を薬によって消されていると。

だけど、あーちゃんは――

「昔から、毎日欠かさず日記をつけててね。それを使って記憶のずれと照らし合わせをしてるうちに気付いたんだ、『人知れずいなくなってる子がいる』って」

……そういえばあーちゃんの秘密基地には、彼女一人だけのものとは思えない沢山のぬいぐるみや人形が飾られていた。もしかしたらあれは、今まで死んだ子ども達のものだったのではないだろうか。やっぱりあーちゃんは、子ども達がいなくなっていたことにいち早く気付いていた。

「……それが分かってて、どうしてそっちの味方につくの？」

悪がどちら側かなんて、簡単に分かるはずなのに。

「そりゃあ、強い方について行くのは当然じゃない？」

しかし彼女は、同じような理屈で、まったく別の結論に辿り着いていた。

「賢く生きなきゃ、ね?」

そう言ってあーちゃんは、あたしたちをおちょくるように笑ってみせる。

「そういうわけで、この子たちはダメだよ」

すると彼女は一転、あたしとシエスタを指差し、シードに提言する。

「こんな簡単に騙されるような子たちじゃ戦力にはならない。《種》を与えるまでもないよ」

種——それは、初めて聞く言葉だった。

だけどこれまでの情報と話の流れで推測はできる。

きっとその種というものが、子ども達を《人造人間》に育てるという未知のエネルギー体だ。そしてあーちゃんはそれを、あたしとシエスタが手にすべきでないと主張する。

「代わりに、わたしに《種》をちょうだいよ」

そして今度は、自分こそがそれを持つのに相応しいとシードに告げる。

「やっぱり発明家としては興味あるんだよね、《人造人間》。それにこれだけ協力したんだし。ね? いいでしょ」

それはまるでいつもの、子どもっぽいあーちゃんのままで。わがままな駄々っ子のようにシードに《種》をねだる。

——だけど。

「お前にはまだ早いと思うがな」

シードは無表情のまま、それを一蹴する。

「大丈夫」

だが、彼女も何にこだわっているのか、再びシードに食らいつく。

「大丈夫、わたしなら耐えられる。絶対に《種》を使いこなしてみせる」

「では、この二人はどうする？」

するとシードはどこか試すように、そう問い直す。

二人とはもちろん、あたしとシエスタのことだ。この施設の秘密を、シードの正体を知ってしまったあたしたちを、どう処分するのか。

それに対して、あーちゃんは、

「いつものように一部の記憶だけ奪えばいいんじゃない？　そのあとは解放していいよ、どうせこの子たち、使い物にならないと思うし」

あたしたちの方を見向きもせずに滔々と語る。

「あ、そうだ。わたしのことも忘れさせてほしいかな。ほら、ずっと覚えられたままっていうのも、なんか気持ち悪いじゃない？」

……ああ、そういうことかと思った。

あーちゃんは、やっぱりあーちゃんだ。

「あと、ついでに他の子たちもいらないんじゃないかな。だってこの施設は《人造人間》を作り出すための実験場だったんでしょ？　だったら、わたしがその最初の成功者になれば、もうこの施設はいらないわけで――」

あーちゃんが口早にそう喋（しゃべ）っていた、その時だった。

「ねえ、あなたは本当にそれでいいの？」

空気を裂くように、シエスタが言った。

「今の話を要約すると、あなた一人が犠牲になって、私たちだけは助かるという話になるんだけど」

「……っ」

ここにきて初めてあーちゃんの顔が歪（ゆが）んだ。

そうだ、あたしが間違えていた。

これは自分の信じるなにかが覆されたとき、なにをもう一度信じるのかという話で――そして今回の場合あたしは、あーちゃんの行動ではなく、感情を信じなければならなかったのだ。今まで信じてきた、彼女の本質を。

「……いいんだよ、これで」

ぽつり、あーちゃんが呟いた。

「誰か一人が犠牲になれば、この実験は終わる。わたしが《種》をちゃんと使いこなせれば、みんなは助かる！　そうでしょ！」

──そう、あーちゃんは、あたしたちを守るためにシードの味方のフリをしていただけだった。いち早く施設の秘密に気付いていた彼女は、きっと最初は一人でどうにかするつもりだったはずで……だけどそんな時、シエスタもまた同じく行動を開始してしまった。

シエスタが、一度こうと決めたら止まらない性格であることを知っていたあーちゃんは、あたしたちを巻き込みつつも、まるで二重スパイのように守ってくれようとしていたのだ。

「だからお願い」

あーちゃんは胸に手を置き、シードに叫ぶ。

「わたしがやる！　わたしが《種》を受け継いでみせる！　だから二人のことは……！」

「いいだろう」

するとシードは無表情のまま、彼女の叫びを受け取る。

刹那、シードの背中から一本の長い触手のようなものが生えてきた。

「……！　……っ、させない！」

突如、目の前で繰り広げられる非日常。思わず身体が怯みかける。

だけどその先端が鋭く尖った触手を見て、このあとなにが起こるかは容易に想像できた。

あたしは身一つのまま、あーちゃんの元へ駆け寄る。

「……ッ！」

だけどその刹那、左胸に強烈な痛みが走った。

よりによってこんな時に、心臓が……っ。

「ナギサ！」

「行っ、て……」

蹲るあたしに気を取られたシエスタに、あーちゃんの元へ向かうよう視線を送る。

——でも、その時。

「せっかくの実験を邪魔してもらっては困りますね」

そんな、ここにいる誰のものでもない声が聞えてくる。

「……っ！」

そして次の瞬間、シエスタが激しく床に倒れ込んだ。それはたとえば、上から見えない何かにのしかかられているようだった。

「こら、暴れてはだめですよ」

「！　いや……だ……っ」

するとシエスタは身をのけぞらせながら声を震わせる。

「ハハ、舌を這わせられるのがそんなに愉しいですか？」

なにもないはずの空間から不快な笑い声が響く。

それはまるで、身体を透明化しているとしか思えない相手。監視カメラに映らない存在など、さすがのシエスタも想定をしていなかった。

そうして無力なあたしたちの前には、まるで生き物のように触手を操る強大な敵と、それに立ち向かう一人の少女だけが残る。

「さあ、それでは最後の実験だ」

シードが、無感情な声で宣告する。

「受け取れ、これが俺の《種》だ」

そして先端の尖った触手が、あーちゃんの左胸に迫る。

そんな最悪な最期を目前にして――彼女は半身であたしたちの方を振り返ると、いつも通りの純真無垢な笑顔を浮かべてこう言ったのだった。

「わたしのことは、早く忘れてね」

それからのことはよく覚えていない。

ショックのあまり記憶を失ったのか。

あるいはその痛みも苦しみも別の誰かに押しつけてしまったのか。

まるで暗闇のなかに閉ざされるように、あたしはあたしという意識を失ってしまった。

ただ、最後に叫んだ名前。

《種》が適合せず、血を噴き出して目の前で死んでいった友人の名前だけは、あたしのなかに永久に残り続けた。


「――アリシア！」

◆間違い探しと、答え合わせ

「そう、六年前。あたしはシエスタさんと……ううん、シエスタと。それから、アリシアと三人で、あの孤島の施設で《SPES（スペース）》と戦ったんだ」

すべてを思い出したように、夏凪（なつなぎ）は一気にそう吐き出した。

一年前、俺とシャルが《SPES》の親玉シードと出くわした研究所……恐らくあの場所こそが今の話に出てきた実験施設だ。あの場所は六年前――《SPES》が子どもたちを実験台に《人造人間》を生み出そうとしていた施設だったのだ。

そして今の話で新たに知った事実が二つ。

まずは一つ、シエスタと夏凪が子どもの頃に出会っていたということだ。

すなわちシエスタが「ナギサ」という名を最初に彼女に与えたのは、一年前のあの最期の時ではなく、それより昔の六年前だった。シエスタが五年越しに彼女にその名を再び与えたのは、ヘルの正体が本当はかつての仲間であるナギサだと悟ったからなのだろうか。

そしてもう一つの真実は――

「アリシアは、夏凪とは別の存在として実在してたんだな」

一年前、ロンドンで出会ったアリシアのあの姿は、あくまでも夏凪（ヘル）がケルベロスの種を使って作り出したただの虚像だと思っていた。だが、あの桃色の髪を持つアリシアという少女は実在していて、六年前に施設で夏凪と出会っていた。そして当時夏凪は彼女の死を目の当たりにしており――きっと脳裏に焼き付いていた生前の姿を、数年後、ケルベロスの種を用いた時に無意識に身に纏（まと）ったのだろう。そして記憶喪失の彼女は、それでも脳裏の片隅にあったアリシアという名を騙（かた）った。

「ボクは一度だってご主人様を、アリシアという名で呼んだことはなかったはずだよ」

鏡の向こうでヘルが目を細める。

そうだ、夏凪に代わってすべての記憶を保持していたヘルは、アリシアという存在が別にいることを知っていたのだろう。

「それにしても。キミたちには想像もできないだろうけれど、あのメイタンテイにもあんなに幼く未成熟な時代があったんだね」

ヘルはさらにそう語る。

まだ子どもだったシエスタは、ほぼ無策のままシードに挑み……またあのカメレオンにすら対処できなかった。だがそういった経験を重ねていったからこそ、徐々に俺の知っている完全無欠な名探偵はできあがったのだろうか。

……しかし、だとすると。

「一年前のシエスタはもう、簡単に失敗をするような人間ではなかった。だったらあいつはなぜ、ロンドンでアリシアの姿をした夏凪に気づかなかった？」

シエスタとアリシア、そして夏凪は六年前にすでに出会っている。それなのに、まさか五年経ったからと言って、シエスタが友人の姿を忘れるとは……あの二つに結った桃色の髪の毛を見て気づかないとは、どうしても思えなかった。

「簡単なことだよ」

すると、鏡のなかのヘルが口を開いた。

「あのメイタンテイもまた、記憶を失っている」

「……！　シエスタが、記憶を……」

いや、そうか。それも今、夏凪によって語られたことだ。

その実験施設では、定期的に子どもたちの記憶が消されていた。

恐らくアリシアの死後、シエスタは施設で過ごした記憶の一部……《SPES》のことを、あるいは夏凪やアリシアのことを忘れさせられたのだろう。

「それからシエスタはどうなった？」

「島から逃げ出したよ」

鏡の中でヘルは冷笑を浮かべる。

「《SPES》や仲間との記憶の一部を奪われてもなおメイタンテイは施設を抜け出した。……でもそれは逃げ出すためじゃない、戦うためだった。彼女はシードの《種》を奪って、ある日忽然と島からいなくなった」

「シエスタが、《種》を……？」

いや、でもそれは今さら驚くべき話ではなかったのかもしれない。

たとえばシエスタの、人間離れした戦闘能力。そして一番は、あの心臓だ。

コウモリが《耳》に、カメレオンが《舌》に、ケルベロスが《鼻》に特別な力を宿していたように。シエスタもまた、《心臓》に特殊な能力を宿していた。

《心臓》が夏凪に渡ったことで起こったあの記憶転移などの現象も、もしかしたら《種》の力が働いていたのかもしれない。

「……どうしてだ？」

俺はヘルの説明を待ちきれず急かす。

「記憶を失ってるはずのシエスタが、なぜ《種》を奪って孤児院を抜け出した？」

「それを、ボクに言わせるの？」

敵であるボクに、と鏡のなかの彼女が唇を歪める。

「簡単な話だよ。あのメイタンテイは、なんのための戦いか、誰が敵なのかを忘れても、それでも己に課した使命だけは忘れなかった」

それだけの話だよと少女は言って、やはり不服そうに苦々しく笑った。

「さあ、これで大体過去のお話は終わったかな。それにしてもキミたちも大変だね。次から次に、一年前やら四年前やら六年前やら、終わった話ばかり掘り返して」

……たしかにそうだ。俺も夏凪も、あるいはシエスタも。みんな色んなことを忘れていて。だけどそれは、どれも忘れてはいけないことばかりで。ここ最近の俺たちは、そんな過去の記憶のピースを、一つひとつ拾い集めるような毎日だった。

そして、そんな過去の清算と呼ぶべき毎日が始まったのは、きっとあの日。

放課後の教室で、夏凪が俺を眠りから覚まさせた日だった。

そうだ、あの日——夏凪渚がもう一度、終わったはずのこの物語を動かし始めたのだ。

探偵が死んだ、この物語を。

「渚」

と、その時だった。ここまで沈黙を貫いていた《シエスタ》が、一歩足を踏み出し、夏凪の背中に向けて語りかける。

「渚、これでこの話を終えてしまっても、大丈夫ですか？」

そのまっすぐに見つめる青い瞳は、その身を機械の人形に移しても決して変わることがない。たとえるなら一年前、俺がヘルとアリシアが同一人物であると勘づきながら、その真実に目を背けようとしていたときに浴びた——嘘をつくことも逃げることも許さない、そんな名探偵のまなざしだった。

「ヘル」

その思いを背中で受け止めた夏凪が、鏡の中の自分に向かって問いかける。

「あたしはあの後どうなったの——アリシアを、目の前で亡くしてから」

それは、まだ終わっていない夏凪の物語。

アリシアが亡くなり、シエスタは施設を逃げ出し……その後、夏凪渚はどんな運命を辿ったのか。

「その直後、ボクが生まれたよ」

ヘルがそう真実を告げる。

この過去の物語は、夏凪がヘルのことを知りたいと言ったことから始まった話だった。であれば、最終的にこの話の着地点がヘルに辿り着くことは必然とも言える。

「まあボクとしての意識は、その前からご主人様の中に眠ってたんだけどね。だから正確に言えば、ボクがご主人様の身体(からだ)に初めて表出したのがその時だったということかな」

それ以来、夏凪(なつなぎ)の身体はヘルの支配下に入ったのか。

アリシアが死んだショックで夏凪の記憶や人格が揺らいだ、その隙を狙って。

「それからボクは正式に《SPES(スペース)》の一員となった。この身を実験に差し出すことも惜しまなかったし、邪魔な他の子どもたちは施設から追い出して……そうしてボクだけがお父様の特別となった」

そういう、ことか。そうして俺とシエスタは一年前、《SPES》の幹部にまで成りあがったヘルとロンドンの街で邂逅(かいこう)した、と。

……だけど、やはり今の説明ではどうしても納得のいかないこともある。

「どうしてお前は、そこまで《SPES》に……シードに尽くす?」

それは一年前にも何度も尋ねた問いだ。

シードは、人類に対する攻撃を生存本能のためだと言った。そして《SPES》の幹部たちも、すべて自分のクローンであるから、本能に従って協力するのだと。

だがヘルは違う。シードのクローンではなくあくまでも人間で、それに彼女に関して言えば夏凪の精神に芽生えた後天的な人格だ。本来、シードに与(くみ)する合理的な理由はないはずなのだ。

「ふっ、キミには嗜虐趣味でもあるのかな」

するといた紅い眼が、すっと細められる。

「恥ずかしいことを何度も言わせないでほしい――愛だよ、愛」

そう言って少女は自虐的に微笑を浮かべる。

「必要だったんだよ、そういう核が」

「核……？」

「そう、この世に留まるための楔と言い換えてもいい。でないと、消えてしまいそうな気がしたんだ――ボクは、ただのまがいものだから」

それは奇しくも、彼女の主人である夏凪とまったく同じ悩みだった。夏凪も自己の記憶とアイデンティティを失い、ずっと苦しみ続けていた。だがそれは、実際の肉体を持たない、別人格という極めて曖昧な概念でしかないヘルにとっても、同じ苦しみだったのだ。

「そんな理由で愛を求めたボクを笑うか？　この世界から消えたくなくて、お父様に擦り寄りその寵愛を受けようとしたボクを。お父様の愛を妄信して、仲間を欺き、罪なき人を苦しめたボクを。そこまでした挙句に敗北し、力を失ったボクを――」

キミたちは笑うか？

彼女はそう、笑いながら尋ねた。

「笑わないよ」

笑うわけがない。夏凪が、二度そう言った。

「それよりも、ごめん。そして、ありがとう」

「……なにを、言ってる？」

夏凪の予想外の台詞に、鏡の中の顔が大きく歪む。

「まずは、ずっとあたしが直接言えてなかったこと──あなたは、あたしの辛さも、痛みも、全部背負ってくれてたんだよね。ごめん……ごめん」

ヘルは、痛みを背負うためだけに生み出された存在だ。そんなもう一人の自分に対して、いわば、夏凪が日々の苦しさから逃避すべく無意識に作り出していたもう一つの人格。

夏凪はきっと初めて自分の思いを告げる。

「……だからって、ありがとう？　そんな、そんな礼の言葉なんて聞きたくは……！」

「だって」

激昂しかけるヘルの人格に、しかし夏凪は、

「あたしを、守ってくれたから」

そう、切々と語りかける。

「……痛みや苦しみを庇ったこと？　だったら、よりによってその当事者に礼を言われる

筋合いなんて」

「違うよ」

夏凪は再びヘルの言葉を否定すると、まっすぐに鏡を見つめてこう言った。

「あなたは、あたしを守るために《SPES》の一員になった。そうでしょ?」

◆怪物はもう、どこにもいない

「言っている意味が分からないな」

ヘルは夏凪の言葉を聞いて唇を歪める。

「ボクが、ご主人様のために《SPES》として働いていた? そんなはずが……」

「だってそうしないと、あたしが殺されるから」

「……っ!」

その時、鏡に映る表情が大きく崩れる。

「六年前、《SPES》の秘密を知り、しかも《種》を受けつけなかったアリシアは殺された。そして、身体も弱くて《SPES》の役にも立たないあたしは、同じようにそのうち殺される——はずだった」

あなたが現れなければ。

そう言って夏凪は、鏡の中のもう一人の自分を見つめる。

「ヘル、あなたは《SPES》として役立つことをアピールすることで、あたしが殺処分を受けずに済むようにした。シードに忠誠を誓うことで、あたしの命を救おうとした。すべてはあたしのため……あたしを守るために、あなたは悪魔になった」

「……っ、だったら証拠は？　ボクがそんなお人好しだと証明するなにか……」

そうやって荒い息を吐くヘルに対して、夏凪は、

「だって、自分で言ってたじゃない――あの後、施設の子どもを逃がしたって」

ヘルの言葉を聞き逃すことなく、仮説を積み立てていく。

「自分だけがシードの特別になるため、なんてそんな理由じゃ納得できない。あなたにはちゃんと、人を思う心がある」

「人の心？　……あり得ない。ご主人様も知ってるはずだ、ボクがあのロンドンで何人もの罪なき人間を殺したことを」

「そう、だね。それは決して許されることじゃない。でもあなたがあの事件を起こしたのも、あたしを助けるためだった」

「……！」

夏凪の言葉に、ヘルは紅い眼を見開く。

「一年前あなたは、シエスタとの戦いのなかで心臓を失った。でもそれはつまり、あたしの肉体の死をも意味していた」

それはあの、ロンドンでの人型戦闘兵器と生物兵器の戦いの直後。ヘルは、シエスタの手鏡によって《紅い眼》を逆に利用され、自らの刃に心臓を貫かれた。それはヘルの命の危機であると同時に、主人格である夏凪の死とも直結する事態だった。

「だからあなたはケルベロスが亡き後《ジャック・ザ・デビル》の事件を引き継いだように見せかけ……本当は、あたしに適合する心臓を探し続けていた」

「……っ、だけど一年前、あのメイタンテイはそんなこと一言も口にしていなかった。ただボクが、自分自身が生き残るために心臓をバッテリーのように消費していたに過ぎないと、そう考えていた。にもかかわらずご主人様は、それに異を唱えるつもりだと？」

今度はヘルは目を細め、夏凪の真意を問いただそうとする。

「違うよ。シエスタ自身が、あの結論は間違えてたって言ってるんだ」

「……そういう、ことか」

俺は思わず声を漏らす。それこそが、一年前にシエスタが犯したというミスで、《シエスタ》が俺たちに依頼した間違い探しの答え。

シエスタはヘルの犯行動機を——いや、ヘルの感情を読み間違えていた。

「あのメイタンテイが言っていた？　笑わせるな、そんなのいつ……」

するとヘルはそう吐き捨てようとして、やがてその表情が固まった。

「あなたもあたしだから、分かるでしょ？」

夏凪は諭すように語りかける。

「シエスタは、あたしのなかに生きている。そしてこの一年間、シエスタはあなたという人格と潜在意識のなかで対話を続けていくうちに、さっきあたしが出した結論に辿り着いた。本当はあなたが、あたしのことをなによりも大事に思っていたということを」

「……っ」

鏡面の少女は動揺したように瞳を揺らす。

「ヘル。きっと多くの人はあなたのことを、罪なき人の命を奪った悪魔だと、そう責め立てるかもしれない。でもあたしは知ってる。あたしだけは知ってる。たとえあなたが悪魔なのだとしても……決して、感情を持たない怪物なんかではないってことを」

夏凪はそう言って、かつて自らを怪物だと卑下し嗤っていたヘルを否定した。

「あなたが誰かに愛されたかったというのも、本当の気持ちだったのかもしれない。……でも、あなたは愛されるだけじゃない。ちゃんと自ら、愛していた。あなたはあたしを、愛してくれていた」

「やめろ……っ！」

ランタンの火だけが揺れる静謐な空間に、ヘルの悲痛な叫びがこだまする。

それでも、夏凪は。

「あなたの罪はあたしの罪。いつかその罰を受けることは分かってる」

「やめろ……ボクはそんな……そんなこと望んで……」

鏡の中で少女が一筋の涙を零していた。

それが夏凪のものなのか、あるいはそうではないのか。

部外者である俺に分かるはずがない。推測をしていいはずもない。

――だけど。

「ううん、あなたの罪はあたしが一緒に背負う。一生を懸けて償っていく。だって――」

そうして夏凪は鏡面に向かって手のひらをかざし、こう言った。

「貰ってばかり、あるいは与えるばかりなんて、そんな一方的な関係あるわけない――あなたはそう、思わない？」


これは鏡。二人の少女の合わせ鏡。

罪も愛も。そして涙も笑顔さえも、双方向に。

夏凪がヘルを想えば、きっと――

「まったく――バカだな、ボクのご主人様は」


鏡の中で少女が囁いた。

そして次の瞬間、俺にはたしかに聞こえた。たしかに見えた。

大きな姿見が音を立てて割れ、そこからヘルが飛び出す姿を。

そして、夏凪が彼女を抱き締めたその一瞬を。


「ありがとう」


きっと今、この瞬間。

夏凪渚は、過去から卒業した。

◆そうして始まる新たなる事件簿

「で、今回のこれは一体どういう話だったんだ?」

あの鏡の前での対話を終えて、俺と《シエスタ》は居間で話をしていた。

ちなみに夏凪はあの直後、意識を失ってしまい（急に記憶を取り戻したことによる反動だろうと《シエスタ》は分析していた）、今は寝室で休ませていた。

「どういう話、とは?」

すると《シエスタ》は優雅に紅茶を啜りながらそう問い返す。どうやらアンドロイドにも水分補給は欠かせないらしい。

「とぼけんでいい。合わせ鏡でヘルを口寄せしたなんて、嘘なんだろ？」

合わせ鏡の都市伝説。

曰く、悪魔を呼び寄せる。

曰く、過去と未来を知ることができる。

今回で言えば、夏凪の別人格であるヘルを鏡に呼び寄せ、過去の話を聞き出したわけだが……やはりどうしても非現実感はぬぐえなかった。

「相変わらず頭が固いんですね、君彦は」

すると《シエスタ》は本家と瓜二つの顔つきと所作でカップをソーサーに置くと、

「まあ、その通りですが」

「その通りなのかよ」

だったらなぜ罵倒されたんだ、俺は。

「けれど、渚がヘルと喋っていたことは確かですよ」

「それは……一人二役で喋ってたってことか？」

いや、役という言い方は恐らく適切ではない。言うなれば、鏡を通した己との対話。

「私はあくまでそういうことが起こり易い場を整えたに過ぎません。あとは渚が潜在意識に眠っていたヘルを呼び出し、自己との対話を繰り返していた」

「なるほど……そういう意味では確かにヘルはあそこにいたのか」

鏡を挟んで、二人。

夏凪とヘルは間違いなくあの場で対面し、対決し、対話をしていた。

これで夏凪はきっと、本当の意味ですべての記憶を取り戻したはずだ。そして今の彼女ならば、その現実を受け止め、前に進めることだろう。

「ところで」

と、俺は一つ気になっていたことを訊いておくことにした。

「シエスタが一年越しに自分の間違いに気づいたとして、どうやってそれをお前に伝えたんだ？」

《シエスタ》が今回俺たちに間違い探しを依頼したということは、それ以前にシエスタ本人が《シエスタ》にそれを伝えていたことに他ならない。だがシエスタが一年前の間違いに気づいたのは、夏凪の身体のなかでヘルと対話を重ねた時だという。

であるならば、肉体を失っているシエスタが、どうやって《シエスタ》にそれを伝え、俺たちに間違い探しの指示を出させたのか。

そんな当然湧いてくる疑問に対して《シエスタ》は、

「シエスタ様が、一度だけ渚の身体を借りた時です」

と、一週間ほど前に起きたあの出来事のことを語る。

「あの豪華客船での《カメレオン》との戦い。無事に敵を倒した直後、シエスタ様は私に対してあなたたちへの接触の指示を下していました」

「……なるほど、俺が気を失ってる間にそんなことが」

その時に一年前の間違いについても《シエスタ》に知らせていた、と。そしてそこまでの仕事を果たしたうえで、シエスタは再び夏凪のなかで眠りについたのか。

「けど、あのシエスタが推理を間違えるなんてな」

別にシエスタを非難したいわけではない。ただ純粋な驚きがあって、俺は思わずそう漏らした。

「それも、記憶を失っていたことが原因だったのかもしれません」

すると《シエスタ》はカップを見つめながら静かに語る。

「シエスタ様はアリシアのことも、渚のことも忘れていた。どのようにしてヘルという人格が生まれるに至ったのかも覚えていなかった。ですが、もしもロンドンで六年前に死んだはずの友人が現れたことに違和感を抱けていたら……あるいは、ヘルの夏凪渚に対する本当の思いに気づけていれば……一年前の時点で正しい結論に辿り着けていたのかもしれません」

……そうか、シエスタも、俺や夏凪と同じだった。

大切な記憶を失い、そのせいでなにかを間違え、だけど今、一つひとつそのピースを埋めていく途上にいた。

「間違えるんだな、シエスタも」

俺はそんな当たり前のことを言って、

「ええ、彼女も人間ですから」

《シエスタ》もそう、さらりと返した。

「……私と違って」

だけど、直後にそう付け足した《シエスタ》の顔は、どこか淋しげに見えた。

「なあ、《シエスタ》、お前は」

と、俺が話しかけようとしたその時だった。

「電話、鳴っていますよ」

《シエスタ》に言われて、机に置いていたスマートフォンが振動していたことに気づいた。

画面に表示されていた名前は——加瀬風靡。今までの記憶上、彼女からの電話がいい報せを運んできたためしはあまりない。嫌な予感を抱きつつ、俺は通話ボタンを押した。

『悪いニュースと悪いニュース、どっちから聞きたい？』

「選択肢になっていない……」

予想通りの最悪な展開に俺がうなだれていると、電話口からは長く煙を吐き出す音が聞こえてくる。

「風靡さんあんた、結局煙草はいつやめるんだ」

少なくとも二回は禁煙を宣言する現場に立ち会ったはずだが。

『いやあ、アタシはいつでもやめたいんだけどな。こいつがアタシの唇を奪って離してくれねえんだ』

「それなら代わりに男でも見つけたらどうです？」

『切るぞ？』

……いや、あんたの方から電話掛けてきたんだろ。

「で？　その悪いニュースってのは、なんなんです？」

なるべくなら聞きたくないのだが、こうして電話を掛けてきているということは、その情報は俺に関わることなのだろう。であれば早めに知っておくに越したことはない。

『ああ、まずは一つ目』

そうして風靡さんは一度タイミングを置くと、

『――シードとコウモリが手を組んだ』

そんな衝撃的なニュースを告げた。

「……風靡さん、あんた。やっぱりシードのことも知ってるんだな」

俺が忘れていた過去の中で、シエスタの死後、風靡さんが俺をあの島から回収したという話があった。どうやら俺が思っていた以上に彼女も深く《SPES》と因縁があるらしい。

『ああ、お前らもそろそろ知ったタイミングかと思ってな』

すると風靡さんはやはり俺の一枚上手をいくように、ゆるりと煙草の煙を吐く。

『ともかく、どういう事情かは分からんが、シードの手引きでコウモリが脱獄したらしい。お前らも警戒は怠るな』

「コウモリが脱獄して、シードと……」

しかしコウモリは四年前、《SPES》に謀反を起こしていたはずだ。その報いとして奴が受けた指令こそが、あの上空一万メートルのハイジャック事件だった。そんなコウモリが、なぜ今さら《SPES》の親玉であるシードと手を組んだ？

『で、もう一つの悪いニュースだが……』

そして立て続けに風靡さんが口を開こうとした、そのタイミングで。

ピンポン、と部屋のチャイムが鳴った。

『来客か？』

風靡さんの声が一気に険しくなる。

彼女がなにを警戒しているのかは、今さら確認をするまでもない。……だけど。

「ちょっと出てみます」

『おい、アタシが言いたいこと……』

「分かってます。けど、保険はあるんで」

万が一、この来訪者が奴だったとして、ここには《シエスタ》がいる。俺は彼女と目配せをし合いながら、玄関へ向かった。

「そもそも、あいつに今さら狙われる理由もないんだが」

そんな愚痴を吐きながら……つまりは、扉の向こうにはコウモリが立っているものと思い込んで、俺はドアノブを捻った。

「わざわざチャイムを鳴らすとは随分行儀が良い……な？」

だから、ドアを開け、目の前に立っていたその人物に俺は思わず首を傾げた。

「さ、斎川？」

桃色のメッシュ、左眼の眼帯。今さら見間違えるはずもない。そこにいたのは、生意気さいかわアイドル斎川唯だった。

そして彼女は目をきらきらに輝かせながら、

「——君塚さん、わたしのプロデューサーさんになってください！」

相変わらず空気も読まず、俺を見上げてそんな依頼を告げたのだった。

【6 years ago Yui】

「その左眼だけは、なにがあっても手放しちゃダメだからね」

眠っている間に、気付けば終わっていた手術の後。

お母さんは、ベッドの上のわたしに向かってそう言いました。

「誰がそれを奪おうとしても決して聞き入れてはいけない……守らなくちゃいけないの」

いつになく厳しい口調と表情。

でも差し出された手は優しく、わたしの眼帯が巻かれた左眼にそっと触れます。

「それはわたしが可愛すぎるあまり、世界中の誘拐犯に狙われるっていうこと？」

「我が娘ながら術後間もなくとは思えないほどタフ……」

すると、なぜか手を額に置き、ため息をつくお母さん。

一体どうしたというのでしょう。

「パパ、なんとか言ってください」

するとお母さんは、今度はお父さんに話を振ります。

「僕の娘がこんなに可愛い」

「父がこんなだから娘がこう育ったんでした……」

再びうなだれるお母さん。

そうです、お父さんはわたしをげろげろに甘やかしてくれます。パンが食べたいと言ったらホールケーキを買ってきてくれるし、自転車が欲しいと言ったらクルーズ船をプレゼントしてくれます。おかげでこの年にして船の操縦方法はバッチリです。

まあ、その代わりに自転車には乗れないんですが。

「唯、でも今のままじゃダメってこと、分かってるよね？」

するとお母さんが再びわたしに語りかけます。

その顔は怒っているわけではありません。

ただ、どこか悲しげで、不安そうな表情をしていました。

「いつかは外に出なくちゃ……ね？」

お母さんの言う「外」というのが、そのまま言葉通りの意味ではないことは、幼いわたしにも分かりました。それはいつもお母さんがわたしに諭すように言っていた言葉です。

「お友達、作らないと」

そう、わたしには一人も友達がいません。

そもそも、あまり学校にも行っていませんでした。

「……いいもん。みんなとお話ししてても楽しくないし」

子どもというのは、どうにも自分とは違う存在を排除したくなるようです。

わたしはみんなと違い、生まれつき左眼が見えません。

また、おうちが裕福だったことも原因かもしれません。

みんなとわたしの間には、いつも見えない線が引かれていて……わたしはその線の向こう側に飛び出していけないような。そんな空気の壁の内側に、わたしはいたのです。

「お母さんとお父さんがいれば、それでいいもん」

だからわたしは今日もそう言って、頭から布団を被ります。

「いつまでもお母さんたちが守ってあげられないんだからね」

お母さんは呆れたように、また大きくため息をつきます。

でもわたしは賢いので、こういう時の対処法を知っています。

「……いなくなっちゃうの？」

わたしは布団から少しだけ顔を出して、甘えた声で言いました。

「そ、そんなうるうるした目で見つめないでよ、唯～」

すると、ぎゅっとわたしを抱き締めてくれるお母さん。

そう、実はお母さんが一番わたしに甘いのです。にしてもこんなにコロッと騙せてしまうとは……案外わたしはアイドルとかに向いているのかもしれません。

「唯」

と、お父さんがわたしの名前を呼びます。

そしてお母さんの肩に手を置き、わたしからそっと身体を離させると、

「そろそろ包帯、外してみようか」

わたしが密かに避けていたことを、鋭く見抜きました。

「……うん」

その真剣なまなざしに押され――わたしは少し緊張しながらも、左眼に巻かれた白い布に手をかけ、そっと外しました。

「ほら、見てごらん」

そして、お父さんが差し出した手鏡を見て、わたしは、

「綺麗……」

サファイアのように青く輝く瞳に、思わずため息を溢しました。

この義眼は、お父さんとお母さんがわたしのために用意してくれたものでした。

「この瞳は唯にこそ似合う。だから唯にはこの青い宝石のようにきらきらと、綺麗なドレスで着飾って、人前で輝いてほしい」

そう言ってお父さんは、やはりいつになく真面目な顔でわたしに語りかけます。

「その青い瞳は、唯の人生を明るく照らす。そしてきっと、大切な物を見つけてくれる」

だから、とわたしを見つめると。

「その左眼だけは、絶対に手放してはいけないよ」

お母さんと同じことを、重ねて強くわたしに言ったのでした。

「……パパ、いいところ持って行かないでよ」

「父の威厳を見せるタイミング、ここしかないなと思った」

そうして不満げに目を細めるお母さんと、真顔でうんうん頷くお父さん。

相変わらず仲の良い夫婦です。

わたしもいつかこんな楽しいお喋りができる仲間ができたら……なんて。

冗談です。わたしには二人がいれば、それでいいんです。

だから――

「いや、今の言葉、そんなに響いてないけど」

「「ええ……」」

そうやってオチをつけるのでした。


でも……それでもやっぱり、いつか。

外の世界に飛び出して――秘密も、隠し事もなく、ありのままのわたしを受け入れてくれる仲間ができたら、もっと毎日が楽しくなるのでしょうか。

ふふ、この青い瞳を見ていたら、なんだかそんな気分になってきました。

それでは、ここはでっかく一つ。

さっき思った、アイドルでも目指してみるのはどうでしょう。

【第二章】

◆ふーん、あなたがわたしのプロデューサーさんですか

「他の女の匂いがします」

虎口を逃れて竜穴に入るとはこのことで、一つの事件が解決したからと言ってそれで災難が終わるとは限らない。夏凪とヘルの一件が一応の解決を見た直後、新たなトラブルを抱えて俺の自宅までやって来たのは、かのスーパーアイドル斎川唯だった。

この流れ、いつかと同じだな……。しかも彼女は、とある事情で俺をプロデューサーに任命したいらしいのだが……。

「斎川、人の部屋の匂いを嗅ぎ回るな」

俺は、子犬のように鼻をすんすんと鳴らす斎川に白い目を向ける。やれ、さっきまで真面目に話をしていたかと思えばすぐこれだ。居間に上げたのは間違いだったか？

「ん、こっちの方から怪しげな香りが」

「だからやめろ」

寝室のドアを開けようとしていた斎川を、俺は軽く小突いた。

「痛っ！　スーパーさいかわアイドルであるわたしをぶてるのは、世界中で君塚さんだけ

ですよ」

斎川が頭を押さえながら涙目で俺を見上げてくる。彼女の場合「さいかわ」よりも「うざかわ」ぐらいが適切だなと思いつつ、俺は注意する。

「そっちは寝室だ、立ち入りを禁ずる」

「大丈夫です、シャワーなら浴びてきましたから」

「なにが大丈夫か分からないんだよな……」

それになにより、この部屋には。

「夏凪が寝てるんだよ。そっとしておいてやってくれ」

ヘルと記憶を共有し合ったその反動からか、夏凪は今もまだ眠り続けていた。

「お？　君塚さん、遂に男になったんですか？」

「アホか。色々事情があるんだよ」

その辺りも含めて色々話したいから、とにかく早く席に戻ってほしい。

「お待たせしました」

と、そのタイミングで。キッチンから《シエスタ》が、三人分の紅茶をお盆に載せてやって来た。それが本物ではないと分かっていたとしても——自分の家の台所で、メイド姿のシエスタが給仕している姿というのはなかなか新鮮な光景に思えた。

「不快な視線を感知しました。直ちに対象を排除します」

「急にアンドロイドっぽさを増してくるな。今すぐその銃口を下ろせ」

「うーん、やはり夫婦漫才っぷりは健在ですね。これにはわたしも少し妬いてしまいます」

「斎川、いらんところで対抗意識を燃やすな。そろそろ本題に戻るぞ」

俺たちは紅茶を飲みつつ、そもそもの議題に話を移す。

「それで斎川、本当なのか？　お前の両親に、不正経理疑惑が掛けられてるってのは」

それが約十分前、突然俺の家を訪ねてきた斎川が語ったことだった。

資産家である斎川の両親が生前、何かしらの不正経理を行っていた疑いがあり、今になってそれが公になりつつある、と。

「……ええ。まだ本当のことは分かりませんが、恐らく明日にはテレビやネットニュースでもその報道が流れると思います。既に家にはマスコミも殺到していますし」

斎川は少し気落ちした表情で目の前の紅茶を啜る。

「なるほど……だからこんな夜更けに逃げ出してきたわけか」

そしてそれこそが、風靡さんの言っていたもう一つの悪いニュースだった。

コウモリの脱獄、そして斎川の両親のスキャンダル——そのどちらも、今の俺にとっては無関係だと突っぱねることはできそうもなかった。

「はい。そういうわけで、少しの間匿ってもらえる場所を探していまして」

なるほど、そういう依頼というわけか。だけど。

「それなら、夏凪に頼んだ方がいいんじゃないか」

居候という話なら男の俺よりなにかと都合はいいだろうし、それになにより、今のあいつなら探偵として斎川に喜んで手を貸すはずだ。

「ええ、そうですね。ですから君塚さんには、プロデューサーさんになってほしいんです」

と、ここに来て最初の話に戻ってきた。

「しばらく家にも事務所にも行きづらいことを考えると、いっそのこと君塚さんがわたしのプロデューサーに就任する方が早いのではないかと思いまして」

「斎川、ひょっとして今お前はとんでもない雑用を俺に押し付けようとしてないか？」

いや、決してプロデューサー業を雑用だと貶める意図はないが。

「おめでとうございます、君塚さん。今日からあなたは『名探偵の助手』兼『アイドルのプロデューサー』ですよ」

「なに一つとして、めでたくないいんだよな……」

俺は背もたれに深く身体を預け、ため息をつく。

「まあやるのはいいんだが」

「……え、本当にいいんですか。嫌がる素振り一瞬で終わりましたけど」

こういうのはテンポが大事だからな。シエスタにも昔その辺りを「伸ばしていこう」と散々言われたものだ。

「俺がプロデューサー役をやるとしたら、結局俺も斎川の近くにいないとダメじゃないか？　けど、お前を匿うにしてはこの家じゃセキュリティも低いぞ？」

なんといってもここは築三十年。オートロックもなければ、トイレにウォシュレットすらついていない、１ＬＤＫ、家賃三万六千円の物件だ。

「それなら、私の家を使ってください」

すると《シエスタ》が、そんな策を提案してきた。

「部屋の数もそこそこありますし、備蓄の食料や生活必需品も揃っています。それにセキュリティで言えば、都心のタワーマンションよりも厳重です。私が約一年間、誰にもバレることなく密かに生活していた地下の家ですから」

「なるほど、あの監禁部屋か……」

だが確かに、安全性や広さを考えるとそこが適当にも思える。

それに今、俺が気にするべき懸念事項はもう一つ——コウモリの存在だ。

あいつが脱獄した今、その企みが判明するまでは、一応やつの敵である俺や夏凪も一旦身を隠しておくことも一つの手だろう。……まあ、ちょうど夏季課外も休みたいと思っていたところだしちょうどいいか。

「なるほど、同棲生活ですか」

すると斎川が顎に指先を置いてそう呟いた。

同棲生活──それはかつてシエスタが俺に、冗談めかして何度も口にしていた言葉だった。三年間にも及ぶ、目も眩むような二人きりの流浪の旅。たしかに俺とシエスタは、いくつもの夜を一つ屋根の下で共に明かした。それをシエスタはいつも面白がって、同棲生活だと俺に笑いかけてきた。だけどそれに対して俺は、決まってこう言うのだ──

「──ただの戦略的同居だ」

「話は聞かせてもらったわ！」

次の瞬間、ガチャっと後ろのドアが開いた。

「……夏凪、俺の決め台詞を邪魔するな」

今のは完全に、センチメンタルに浸った俺の物憂げな横顔が画になるシーンだったろ。

「や、なんか同棲とか楽しそうなワードが聞こえてきたから。つい」

夏凪はそう言いながら、俺たちの座るダイニングテーブルに加わった。

……まったく、相変わらずこいつは。

そんな緊張感のない彼女に対して、俺は、

「もう、大丈夫なのか？」

そう軽い調子で尋ねた。

夏凪の体調を……新たに知った過去を。

そして彼女の《名探偵》になる覚悟を。

「――うん、大丈夫」

そんな短いやり取り。

だが夏凪のその凛とした横顔を見れば、その言葉に嘘がないことは分かった。

今の夏凪はシエスタと……そしてきっとアリシアの思いも背負っている。

過去の清算は、あの鏡の前で終えてきたのだ。

「それじゃあ、改めて。当面の間は《シエスタ》の隠れ家を拠点に斎川を保護する――異存はないな？」

俺は一旦この話し合いを締めくくるべく、《シエスタ》、夏凪、斎川に確認を取った。

「私の家を使おうというのに君彦が勝手に話をまとめてる点を除いて不満はありません」

「あたしが探偵なのを差し置いて君塚が主人公感を出してることに目を瞑れば異存なし」

「君塚さんと一つ屋根の下で暮らすのが怖くないと言えば嘘になりますが我慢します！」

「……よし。見事に全会一致、と」

こうして、四人による戦略的同居生活は幕を開けることになったのだった。

「いやワタシは！！！」

その直後、金髪のエージェントがふくれっ面で部屋に入ってきたのは、また別の話である。

◆日本語は正しく使いましょう

あくる朝。

「っ、申し訳ございません……その件につきましては、はい、正式な回答は控えさせていただきたく……はい、失礼いたします……」

地下の部屋に、冴えないプロデューサーの謝罪の声が響く。

できることと言えば、見えない電話口の相手に頭を下げ続けることだけ。果たしてこれに意味があるのかは分からないが、それもこれも雇用主の指示である。……昔から誰かに雇われてばっかりだな。

というわけで俺は昨日の晩にこの《シエスタ》の隠れ家に居を移し、仮眠を取った後、早朝から斎川に頼まれた仕事をこなしていた。例のスキャンダルの影響か、それにまつわる問い合わせや仕事の連絡が、斎川から借りた携帯に数分おきに掛かってくるのだ。

ちなみに当の家主である《シエスタ》は、コウモリの動きが気になるということで、昨晩のうちに出て行ってしまった。俺はその手伝いを申し出たのだが「今は、君彦は斎川唯のプロデュース業に注力すること」と指令を受け、今に至るというわけだ。

「労働は悪だな……」

俺はようやく通話を切ることに成功した携帯電話を見つめ、嘆息する。

そもそも一朝一夕でアイドルのプロデュース業がこなせるはずがない。「担当者が不在です」という魔法の言葉がなければ今頃、俺はストレスに耐えかねてこの携帯電話を叩き割っていたに違いない。

「……にしても、ひどいな」

俺はふと、居間で流れていたテレビのワイドショーを横目で見る。

そこには、昨日斎川が予想していた通り、彼女の両親についてのスキャンダルが流れていた。専門家でもないコメンテーターが好き勝手に憶測でその件について語り、挙げ句には娘である斎川本人にも説明責任があるだのなんだのと主張していた。

「うるせえ、お前が斎川を語るな」

無性に腹が立ち、俺はコンセントからプラグを引き抜きテレビの電源を落とした。

「……はあ、とりあえずあいつら起こすか」

時計を見ると、もうすぐ正午を迎えようという時間だった。だがいまだ三人とも起きてくる気配がない。俺はまず、夏凪と斎川が寝ているベッドルームに突撃する。

「おーい、そろそろ昼になる、ぞ……？」

部屋に入ると、ベッドで横になっている二人の少女が目に入る。少しはだけた布団。その下では寝間着姿の夏凪が、同じくパジャマを着た斎川をぬいぐるみのようにぎゅっと抱きしめるように眠っている。二人のすーすーと寝息を立てている安らかな寝顔は、ずっと眺めていたくなるほど尊く——じゃなくて。

「ほら。朝飯作ってやるから、そろそろ起きろ」

俺は眠りこけている二人を揺すって起こす。

「んー……朝ごはん？　シャ○エッセン、食べたぃ……」

と、ようやく夏凪が目を擦りながら夢の世界から戻ってくる。

「シャ○エッセンではないが普通のウインナーはあるから早く起きろ」

「ふぁ……ん、食べたぃ……君塚の、ウインナーぁ……」

「夏凪、さっさと顔を洗え。今のは聞かなかったことにしてやるから」

「だめですよぉ、夏凪さん……君塚さんの君塚さんはぁ、ウインナーというより魚肉ソーセージですからぁ……」

「斎川、寝惚けてたらなに言ってもいいわけじゃないからな？　むしろ無意識下でも俺をバカにしてるってことだからな？」

俺は二人の布団を没収した上で、冷房を18℃まで下げてから部屋をあとにする。

さて、次はシャルの番だ。

実は昨晩、二つしかないベッドルームをじゃんけんで振り分けたところ、運悪く俺と彼女が相部屋になってしまったのだった。だが予想だにせずシャルの寝相が最悪で、昨晩は何度も睡眠を阻害された。

その恨みを果たすべく、さてどんな起こし方をしてやろうかと知略を巡らせながら俺はベッドルームのドアを開ける——と、そこには。

「シャルお前、なにやってるんだ？」

枕に顔を埋め、その匂いをすんすんと鼻を鳴らしながら嗅いでいるシャルがいた。

「それ、さっきまで俺が使ってた枕……」

「キ、キミヅカ!?　あっ、こ、これは違うから！　誤解だから！」

「……あー、まあなんだ。趣味というか、そういう嗜好は人それぞれだからな、うん……」

「リアルすぎる反応やめなさいよ！　せめて怒って！　目を逸らさないで気まずそうな表情を浮かべないで！」

シャルはだらだらと汗を流しながら必死に弁明を図ろうとしてくる。

「違うの！　ワタシはこの枕からマームの匂いがした気がして嗅いでただけなの！」

「……それもそれで十分問題発言だと思うが？」

「……っ！　こうなったらもう記憶を奪うしかっ！」

するとシャルが急に獣のような目つきになり、俺を力尽くでベッドに押し倒そうとする。

「記憶が戻ったばかりのところ悪いわね、十八年分の知識と経験を奪わせてもらう！」

「奪いすぎだ！　俺をこのでかい身体のまま赤ちゃんにするつもりか！」

「大丈夫よ、ナギサは違うかもだけどユイの性癖にはばっちり合いそうだから」

「お前、仲間の性癖をなんだと思ってんだ……？」

そうしてシャルによって俺の身体は激しくベッドに押し倒され――

「観念しなさい」

怒りと興奮で顔を赤く染めたシャルが俺に覆(おお)い被(かぶ)さった、その時。

「お二人とも、なにをやってるんですか」

いつの間にか開け放たれたドアから、斎川(さいかわ)がこちらをじとっと見つめていた。

「これが噂(うわさ)の喧嘩(けんか)ップル？」

「「違う！」」

と、うっかり声が重なってしまう。これ以上なにかを重ねるわけはいかない……。

「斎川、違うぞ。これは誤解で！」

そうして俺が、しどろもどろな言い訳をしようとしていると。

「――倍　殺　し」

18℃の冷房などぬるく見えるほどに冷たい目をした夏凪(なつなぎ)が俺たちを見下し、勢いよく扉を閉めて出て行った。

「ち、違うのナギサ！　これは事後！　事後だから！」

「事故だ！！！」

◆この後助手が美味（おい）しくいただきました

そんな寝起きのひと悶着（もんちゃく）を終えたあと。

「見えた」

キッチンに立ったエプロン姿の夏凪（なつなぎ）が、ホームランの予告をするプロ野球選手のようにお玉を持ち、なにやらキリッと目を細めている。あれから俺が朝食の準備をしようとしていたところ、なぜか彼女が俺に代わって張り切り出したのだった。

そして同じような人間がもう一人。

「ナギサに料理なんてできるのかしら」

エプロンをつけたシャルが、隣で煽（あお）るように突っかかる。

「っ、シャルさん……いや、シャルには負けないから！」

「へえ。じゃああの時の決着、今日つける？」

そうして二人はシンクの前でバチバチに睨（にら）み合う。

「相変わらず仲悪いんですね、渚（なぎさ）さんとシャルさんは」

すると二人のさらに後ろ、テーブルの上で頬杖（ほおづえ）をついた斎川（さいかわ）が呟（つぶや）く。

夏凪とシャルの出会いは、一週間ほど前のクルージングツアー。そういえばその時二人は、シエスタを巡って言い争いをした過去があった。

「料理対決でその代理戦争ってのも変な話だが……」

　俺も、斎川と共にテーブルで二人を遠い目で見つめる。俺たちはなぜかこの対決の審査員役に任命されていたのだった。

　……だがまあ、喧嘩できる関係性というのもきっとそう悪いものではない。少なくとも、一年前の真実を巡って気まずい状況が続くよりも遥かに健全に思えた。

「まあナギサなんかに負ける気はしないけれど」

　するとシャルは自慢のブロンドをサッと掻き上げる。

「っ！　君塚の胃袋を掴むのはあたしだから！」

　そして夏凪も咄嗟にそう言い返す……が。

「……？　え、これってなんの勝負なわけ？」

「……今のはジョークだから」

　夏凪は早口で呟くと、ぷいと前を向く。

「君塚さん、今の超可愛い渚さんについてコメント貰えますか？」

「聞いてない、なにも聞こえていない」

　その代わりに俺は夏凪に尋ねる。

「ちなみに、なにを作るつもりなんだ？」

「ブルターニュ産 オマールブルーのソテー～季節の野菜とムースリーヌ添え～ かな?」

「お前は料理バトル漫画でも始める気なのか」

しかし夏凪は俺のツッコミを無視し、よいしょと冷蔵庫から赤いロブスターを取り出す。というか本当に材料あるのか。《シエスタ》、普段からいいもの食べ過ぎだろ。

「……あー、というわけで、その、お腹空かせて待ってて」

夏凪は俺の方を振り返ると、片目を閉じ、ピシッとお玉を向けてきたのだった。


「おかしい」

それから数十分後、調理場には一人首を傾げる夏凪がいた。

彼女の視線の先にある電子レンジでは、かつて食材だったなにかが、扉を内側から破ろうとする黒い化物のように蠢いていた。誰がどう見ても大失敗である。

「でもこの扉を開けない限り、まだ失敗してるとは言い切れないのでは?」

「そんなシュレディンガーの猫があってたまるか」

一生電子レンジを使えないままにするつもりか。

「うぅ、お弁当はいつも自分で作ったりしてるのに……」

夏凪は目に見えてがっくりと肩を落とす。

「まったく、いきなり凝ったものを作ろうとするからそうなるのよ」

するとその失態を見てシャルは呆れたように鼻を鳴らす。

「普通にチャーハンでも作るから待ってなさい」

そしてフライパンをまるで銃のように俺たちに向けると、一人くるりとコンロに向き直った。

「おかしい」

シャルがコンロの前で首をひねる。

あれからまた数十分後、やはりと言うべきかフライパンの上には黒焦げの山がこんもりとできていた。

「いや、見た目はアレでも案外食べてみたらいけたり？」

「そう思うなら自分で食べろ。俺に視線で促すな」

悪いが即落二コマはもう飽き飽きだ。

「……いつも忙しくて自炊なんてできないのよ」

それもエージェントならではの生活なのか、シャルは言い訳をしながら自分の髪の毛をいじる。

「まったく、仕方ないですね」

と、その時。ふいに助け舟が現れた。

「もうお昼になっちゃいますし、わたしがやります！」

審査員席から立ち上がった斎川はエプロンの紐をキュッと締め、キッチンに向かう。

「作り置きもしておきたいのでカレーにしましょう。渚さんはお肉のカットを、シャルさんはお米の焚き直しをお願いします」

そう言いながら斎川は、一人てきぱきと慣れた包丁さばきで野菜を細かく切り始めた。

「う、うん……」

「あ、はい……」

そうして夏凪とシャルは背中を丸めながら斎川の指示に従う。

「なんだかんだ毎回斎川が一番頼りになるのはなぜなんだろうな」

俺たちのなかで唯一の中学生のはずなんだが。

すると俺のそんな呟きに斎川は、

「ふふ、まあわたしも今までそれなりに修羅場をくぐり抜けてきましたからね」

野菜を切る手は止めず、半身で振り返って苦笑を浮かべた。

斎川は三年前に両親を亡くしている。もしかするとそれをきっかけに料理をするようになったのだろうかと、そんなことをふと思った。

「というわけで、家事スキルと若さという観点でわたしが二歩分リードですね」

しかしそんな苦労を垣間見せたのも一瞬のことで、斎川はそんな風に、両脇に立つ年上の少女を煽ってみせた。……だが、彼女たち相手にそんなことをしたらどうなるかなど、語るまでもないことで。

「唯ちゃん？」

「ユイ？」

斎川を挟んで上から、獣でも殺せそうな冷徹な視線が振り下ろされた。

「……き、君塚さん。お姉さん方が怖いです……」

「今のはお前が悪い」

◆それは君だけの物語

午前中がトラブル続きだった分、それ以降は比較的穏やかに過ごせるかと思ったがそんなことはまったくない。

相変わらず斎川の仕事関連の電話は鳴りやまず、俺はずっとその対応に追われていた。その一方で夏凪と斎川とシャルは三人楽し気にお喋りしたりボードゲームなんかに興じたりしていて……いや、お前らも働け。

とかくまあ、そんなこんなで一日中働きづめだったわけだが、今俺はようやく一人でゆっくり浴槽に浸かっていた。

「……疲れた」

浴室に俺だけの声が反響する。改めて一人になって考えてみると、ここ最近身の回りであまりにも色んなことが起こりすぎていたことが思い出される。

シエスタが仕組んでいた誘拐、そこで語られた探偵の死の真相。さらに《シエスタ》の協力もあって夏凪(なつなぎ)はもう一つの封印されていた過去を思い出し、彼女の別人格であるヘルとも和解を果たした。

そうしてようやく一つの問題に区切りがついたかと思いきや、今度はコウモリの脱獄に斎川(さいかわ)のスキャンダルだ。俺は斎川を含め、夏凪やシャルと共に《シエスタ》の隠れ家を拠点に逃亡生活を余儀なくされた、と。

「まったく、理不尽だ」

思わずため息と共に嫌な口癖を漏らしてしまう。だが、これだけの事態がたったこの数日で起きたのだ。不満の一つぐらい吐いてもバチは当たらないだろう。

「……シエスタ」

だから、つい昔の相棒の名前を呼んでしまったところで、これは別に大した問題ではない。そう、決して俺があいつに会いたいだとかそういうことを思っているわけでは……。

「ダメだな」

いつからそんな軟弱な人間になった。

答えはすぐ出る——一年前だ。一年前のあの日、シエスタが死んで俺はこうなった。

真実から目を逸らし、使命を忘れ、日常に逃避し、巻き込まれた先で出会った小さな事件を解決するだけで、これで俺も探偵の遺志を継いでいると自分の心に嘘をついた。

今の俺は、それからなにか変われたのだろうか？

夏凪と出会ってシエスタの思いを知り、斎川の件を通して使命を思い出し、シャルに叱咤され本当の意味で探偵の遺志を継いだ。

だけど、それは全部勘違いだったのではないだろうか。

シエスタの過去も、夏凪の過去も知らなかった俺は、結局あの日のままだ。

なにも知らない、ただぬるま湯に浸ってるだけの、あの日の——

「上がるか」

いつの間にか風呂はすっかり冷め切っていた。

きっとぬるま湯に浸り続けていたら、人はいつか凍死してしまうのだろう。

冷めた頭で、そんなことを、思った。

「おっと、さすがに魚肉ソーセージというのは訂正しないといけないかもしれませんね」

ふと気づくと風呂のドアが開いていて、目の前に斎川が立っていた。

……目の前に斎川が立っていた？

「ばっか、お前なにやってるっ！」

俺は勢いよく湯船に身体を屈めながら斎川を問いただす。

「いえ、ほら。わたしのせいで色々と君塚さんにご迷惑をお掛けしているので、せめてお背中でも流して差し上げようかと」

「現在進行形で迷惑を掛けられてるんだが！　早くドアを閉めろ！」

「まったく、仕方ないですね」

やれやれと言いながら斎川が浴室の扉を閉める。

「よっこいしょ」

「……なぜこの場にいっこうとする」

「え、でも幼い女の子とお喋りしながらお風呂に入ることこそが、君塚さんの唯一にして最大の楽しみだったのでは？」

「斎川、ひょっとしてお前の趣味は俺の社会的評判を地に落とすことなのか？　……それにその件に関しては、あいつが特別おかしかっただけだ」

そういえば昔、シエスタとそんなこともあったなと思い出す。

「ところで君塚さん。わたしを脱衣所に追いやったところで、この《左眼》は扉越しにがっつり裸を透視できるのですが」

「今すぐ背を向けろ。俺の裸を見ていいのは、俺に裸を見られる覚悟があるやつだけだ」

「……それ、名言風に見せかけて、女の子とお風呂入りたがってるだけじゃないです？」

さすがは斎川。かゆいところに手が届くツッコミをくれる。

「でも、シエスタさんとはこういうやり取りを交わしてたわけですか。勉強になります」

「ノートにペンを走らせるな。どんな高校入試の問題にも出んぞ」

俺は浴室のドアの向こうにいる斎川に言う。

「というか、そろそろ上がりたいんだが？」

そうして俺は斎川を脱衣所から追い出し、風呂を出る。

「けどほら、そういえばわたしって、あまりシエスタさんのことを知らないなと思いまして」

しかし斎川はまだ会話を終わらせる気はないらしく、今度は脱衣所のドア越しに、タオルで身体を拭いている俺に話しかけてくる。

「君塚さんは気付いてました？　実はわたしとシエスタさんって、ほとんど接点がないんです」

それはたしかに、言われてみれば斎川の言う通りだった。

「夏凪（なつなぎ）さんとシャルさんはシエスタさんとの結びつきが強いじゃないですか。夏凪さんはシエスタさんの心臓を受け継いでますし、シャルさんもシエスタさんの一番弟子ですし」

「シャルは自称、だけどな」

だが、言いたいことは分かる。夏凪もシャルも、遥（はる）か昔からシエスタとは直接出会って

いた。けれど、斎川は──

「いや、だからといって自分だけ仲間はずれ、みたいなことが言いたいんじゃないですよ？　わたしは」

ドア越しに斎川の慌てた声が聞こえてくる。

「でもですね。だからこそわたしは、ある程度中立な立場でいられる気もするんですよ」

「中立？」

「そう、中立です。たとえば、今わたしたちを取り巻くこの状況が一つの物語だったとして──その中心にいるのは誰だと思いますか？」

随分と抽象的な問いだ。だが、にもかかわらず俺の頭には瞬時にとある人物が浮かぶ。

「シエスタだな」

「ええ、わたしもそう思います」

やがて着替えまで終えた俺は脱衣所のドアを開く……が、斎川はそこにはいない。

するとか居間の方から声が聞こえる。そっちで話を続けるということだろうか。

「まあ、あいつがいなければこの物語は始まらないからな」

俺は三年にもわたってシエスタの助手だった。夏凪はシエスタの旧友であり、仇敵──

そして今はその心臓を受け継いでいる。シャルはシエスタを師として仰いでおり、現在もそれは変わらない。俺たちが今相手にしているのは《SPES》であり、彼らはシエスタが倒すべき敵だった。

そう、俺たちを取り巻く物語はすべてシエスタに集約される。

彼女を中心に世界が回っているのだ。

「でもそんな中にあって、唯一わたしだけがシエスタさんとは遠い位置にいる」

ダイニングに戻ると、斎川はマグカップを両手で握って、ふーふーと息を吹きかけていた。

「ホットミルクです。君塚さんもどうぞ」

「いま、夏だぞ」

とは言いつつ、すでに用意されている以上、仕方ない。俺は斎川の対面に座る。

「だから、そんなわたしだからこそ言えるのかもしれません。ねえ、君塚さん」

すると、さっきは慌てていてよく見ていなかった斎川の姿を俺は改めて捉えた。

ピンクのパジャマ。風呂上がりの甘い香り。下ろした髪の毛。そして眼帯をつけていない左眼は、青い宝石のように美しい。

「これは、わたしたちの物語です」

そして彼女はにっこりと笑うと、

「これは夏凪(なつなぎ)さんの、シャルさんの、そして君塚(きみづか)さんの、それぞれの物語です——だから、自分がどうしたいのか。それでいいと思います」

それだけでいいと思います。

そう言って、美味(おい)しそうにホットミルクを啜(すす)った。

「え、というか、どう考えても今回の事件的にわたしのメイン回なのに、どうしてわたしが救われる側じゃなくて救う側になってるんです？　君塚さん、もうちょっと気合い入れてわたしのこと救ってもらっていいですか？」

「今世紀最大の理不尽だ」

◆アイドルをプロデュースするだけの簡単な推し事

その翌日のこと。

俺と斎川(さいかわ)は朝から《シエスタ》邸(てい)を離れ、二人で車に乗っていた。斎川唯(ゆい)専用の送迎車であり、専属の運転手がハンドルを握っている。

「それにしても随分早くに出るんだな。本番は夕方だろ？」

後部座席に座った俺は、隣で携帯を眺めていた斎川に話しかける。

今日の予定は、斎川が出演する音楽番組の生放送。斎川をマスコミの報道から守るための逃亡生活だったが、生放送だけはキャンセルできないということで、こうして俺が付き添っていた。

「色々と事前の準備があるんですよ。なにせわたし、スーパーアイドルですから」

そう言いつつも斎川は見ていた携帯電話を仕舞うと、猫のように大きくあくびをする。

「やたら眠そうだが寝不足なのか？」

「ええ。昨日はあの後、夜遅くまで女子会をやってたので」

そして斎川は俺の肩にとすんと頭を乗っけて目を瞑る。まったくこのアイドル、オンとオフの差が激しい……というか俺の前での気の抜き方が半端ではない。

「ちなみに女子会の議題はなんだったんだ？」

「うーん、メインは君塚さんの悪口ですね」

「聞くんじゃなかった」

まあ俺をネタに三人の仲が深まったならそれでいい……のか？

「けど、今日はお二人も同行させるわけにはいかなかったのですか？」

やはり付き添いが俺だけでは不安なのか、それとも純粋な疑問なのか、斎川が身体を起こし尋ねてくる。

「ああ、コウモリのことがあるからな」

シードの手引きを受けて脱獄したというコウモリ。奴の狙いがなにかは分からないが、たとえばシードの指示で、シエスタの遺志を……そして《名探偵》を継ぐ夏凪を狙っている可能性も十分ある。それを踏まえて夏凪はなるべく安全な場所に置いておき、シャルを護衛に据えようという判断だった。

「その、コウモリさんでしたっけ。今は《シエスタ》さんが対処してるんですよね？」

「ああ、そのはずなんだが……」

実は今朝早く、その《シエスタ》から俺の携帯にメッセージが届いていた。俺はそれを斎川に読み聞かせる。

「『こちらのことは任せてください。君彦はただ、斎川唯の決断を見守ること』だとよ」

いまいち意図の読めないメッセージ。

守れではなく――見守れ。

戦力として見なされていないということだろうか。まあ確かにあの三年間も、俺はほとんどシエスタを陰から見守ることしかできなかったが……。

「なるほど。君塚さんのことをよく分かってらっしゃいますね、《シエスタ》さんは」

すると斎川はまたいつの間にか携帯を取り出していて、それを眺めながら呟く。

「わたしを見守るなんて、まさに後方腕組み彼氏面オタクの君塚さんにぴったりじゃないですか」

「斎川、お前さては俺になにを言っても許されると思ってるな？」

「ええ、思ってますよ」

思ってるのかよ。最早悪びれもしないな。

「だって君塚さんだけは、何があってもわたしの味方をしてくれるって信じてますから」

「とりあえずいい話風にまとめて自分の失言を有耶無耶にするな」

「あ、そろそろ着くみたいですよ」

と、強引に話を逸らされた。しかし俺もよく使う手なのでこれに関しては強く出られない。

「ん……テレビ局に向かってるんだよな？」

会話に夢中になっていて気づかなかったが、ふと窓の外を見ると、いつの間にか都会から外れたような景色が広がっていた。そして、さらに車が進むにつれビル群は姿を消し、昔ながらの家屋や古びた看板だけが目に入るようになる。

「君塚さん、着きましたよ」

そうして車は止まり、斎川の指示で俺は外に出る。

「どこだ、ここは……」

眩しい夏の太陽に思わず手をかざす。

青い空と緑の稜線。すぐ近くの木で蝉が鳴いている。夏の匂いが香るここは、都会を忘れさせる秘境の地とでも呼ぶべき場所だった。

「さてと、では行きましょう」

どうやらここからさらに歩くらしい。白い雲を突き抜ける陽差しの下。斎川は俺を先導するように、ずんずんと田舎道を進んでいく。

「丘に向かって歩いてるみたいだが、頂上になにかあるのか？」

「はい？　あー、温泉です！」

……予想の斜め上の答えが返ってきた。

「へへ、アイドルとプロデューサーによる禁断の駆け落ちです！」

「……本気で言ってないだろうな？」

「ダメですか？　田舎の秘湯への逃避行。……お、今のいい感じに韻踏んでましたね。次のシングルの歌詞に入れましょう」

斎川は俺を無視してメモを取り出す。また名曲ならぬ迷曲が誕生しそうな予感がする。

……だが、今はそんなことよりも。

「斎川。本当はやっぱり、マスコミが怖かったりするか？」

その時、ぴくりと斎川の肩が跳ねた気がした。

「なにを言ってるんです、君塚さんは」

しかし彼女は振り返ることなく、そのまま前を歩いていく。

斎川はそう簡単に自ら弱音を吐いたりしない。アイドルという笑顔の面を張り付けて、本音はいつもその裏に隠している。

「いや、勘違いならそれでいい」

草いきれのにおいを感じながら、俺たちは緑で囲まれた道を歩いた。

◆この世の理不尽に、叫べ

「着きました、ここです」

温泉というのが嘘だというのには勘づいていたが、よもや真の目的がこれだとは。

「ここに、わたしのお母さんとお父さんは眠っています」

緑の丘の上に立った墓標の前で、斎川はそっと膝を折った。

「実はこの丘も含めて辺り一帯、斎川家の土地でして。見晴らしのいいこの場所にお墓を立てたんです」

斎川はそう言いながら、線香に火を点す。

「俺も、手を合わせていいか?」

「ありがとうございます、二人とも喜ぶと思います」

そうして俺と斎川は並んで、手を合わせて目を瞑る。

もちろん俺は斎川の両親に会ったことはない。だが彼女の思いを知っている身として、黙祷を捧げた。

「ありがとうございました」

そよ風が吹くなか、斎川は顔を上げ微笑を浮かべる。

「二人とも、わたしに生涯の伴侶ができて安心してると思います」

「嘘だろ、もうギャグを飛ばしていい空間に戻ったのか」

「ええ、お父さんたちはわたしよりボケ倒すのが好きでしたので」

「まさかの両親由来だった」

俺たちはそう言い合い、軽く吹き出す。

「……でも、なんだかまだ、夢を見ている気もするんですよね」

「夢?」

「そうです。なんというか、本当は全部、壮大なドッキリなんじゃないかって。実は二人とも生きていて……そのうち物陰から飛び出してきて、わたしを驚かせようとしてるんじゃないかって、たまにそう思うんです」

そう語る斎川の横顔は、今まで見てきたどんな彼女の表情よりも切々としていた。

両親の死という現実は、たとえ三年の月日が経とうとも斎川の中で風化することはない。

……俺が一年経っても、そうであるように。

「結局わたしはいつだって一人じゃ不安で……いつも誰かに見ていてもらいたいんだと思います」

「だから、アイドルをやってるのか？」

「……そうですね、それもあるかもしれません」

斎川は膝を抱えたまま相槌を打つ。

「それに、昔お父さんが言ってくれたんです。わたしには、綺麗なドレスで着飾って生きてほしいって。人前で輝いてほしいんだって。そしてお母さんも、いつも口癖みたいに、外の世界に飛び出せって、仲間を作れって。だからわたしは——」

そう語る斎川はどこか昔を懐かしむような表情を浮かべていた。

「だけど、いつまでもアイドルを続けていくわけにもいかないかもですね。ほら、世界の危機もすぐそこにあるかもしれないわけですし」

「そうか？　歌って踊って、時には《人造人間》と戦うアイドルがいても面白いと思うが」

かつて、やたらとジャパンのアイドルに詳しい名探偵がいたように。

「……ふふ、君塚さんの説得は相変わらず面白いですね」

斎川はそう微笑みつつも、すっと立ち上がると、

「でもたまに——ちょっと疲れたなって感じるんです」

俺の方を見ることなく、小さな声で呟いた。

そして彼女は眼下の景色を見下ろしながら、ぐっと大きく伸びをする。

「うーん……っ！　やっぱり自然はいいですね！」

斎川は背中越しに、精いっぱい元気な声で俺に話しかける。

「どうです？　お仕事も全部投げ出して、本当に二人で田舎暮らしとか始めちゃいますか」

「都会暮らしになれたお嬢様には無理だろ」

「む、そんなことありませんよ。料理だって作れますし、自給自足もへっちゃらです」

「最初の数日はよくてもそのうちコンビニだのWi-Fiだのが恋しくなるに決まってる」

「……つれないですね」

俺のリアクションが不満だったのか、斎川はツンとして、携帯を取り出していじりはじめる。

「センスのあるツッコミならともかく、なんでも否定ばかりだと嫌われちゃいますよ」

「そうか、そりゃ参ったな」

俺はそんな軽口を吐きながら……そっと立ち上がり、斎川の背後から近づくと、

「――だったら今は嫌われてもいい」

俺は素早く彼女の手からスマートフォンを取り上げた。

「な！　か、返してください！」

斎川はぴょんぴょんと跳ねるように、俺が高く手に掲げた携帯端末に追いすがる。だが、そう簡単に二十センチ以上の身長差は埋まらない。

「なんでそんな意地悪するんですか！　田舎暮らししたいって言いながら携帯いじってたからですか！　だったら……」

「違う」

……やれ、これぐらいのお節介は許してくれ。

俺は暴れる斎川を制しながら、彼女にその端末の画面を見せる。

「お前が今日ずっと、こんなのを眺めてるからだ」

映し出されていたのは、某ＳＮＳのタイムライン。そこには例の報道による、斎川へのバッシングのコメントがびっしりと並んでいた。

斎川は決して自分から弱みを見せはしない。

しかし彼女も一人のアイドルである前に、中学三年生の女の子なのだ。連日の報道で、心乱されていないはずがなかった。

「……返してください」

「ん、悪かった」

斎川は俺から携帯を受け取ると、ばつが悪そうに下を向く。

「わたしが悪く言われる分には、別にいいんです」

そう言って斎川は唇を噛みながら、端末の電源を落とす。

「でも、お父さんとお母さんの悪口だけは……だめなんです」

斎川にとって両親は、生きていく上での何よりの道しるべ。それを穢されることだけは、どうしても許しがたいことだった。……だが、今の斎川にこの状況を大きく覆す術はない。形を持たない巨大な悪意と戦う方法など、最初からありはしないのだ。

――それでも。

もしもたった一つだけ、今の俺たちにできることがあるとするならば。

「君塚さん？」

数歩、前に足を踏み出した俺を、斎川が不思議そうに見つめる。

……悪いな、斎川。俺にはこれぐらいのことしか思いつかない。

そうして俺は大きく息を吸い込むと、

「――ふざっけんなあああ！」


丘の頂上で、眼下の景色に向かって腹の底から叫んでみせた。

「き、君塚さん？」

暗い顔をしていた斎川も、思わずといったように目を丸くし俺を見つめる。

「その、わたしの代わりに怒ってくれるのはとても嬉しいんですけど、さすがに恥ずかしいというか……」

「勝手に格好つけて一人でいなくなるな！　馬鹿シエスタあああ！」

「そ、そっちでしたか……！」

と、斎川が珍しくあたふたした感じでツッコミを入れる。

すまんな、思わず心の叫びが漏れ出てしまった。

——だけど。

「ほら、斎川」

俺は彼女に向かって手を差し出す。

「思ってること、全部吐き出すぞ」

誰かを……なにかを変えられないならせめて、その理不尽を叫ぶことぐらい、許されてもいいはずだ。

「……アイドルが汚い言葉を使ってもいいんでしょうか」

「今はまだ、アイドルの時間じゃないだろ」

生放送のその時間までは……斎川唯は、等身大の中学三年生の少女に過ぎない。

だからきっと何を言っても許される。

少なくとも今は――この場所だけは。

「――――――――っ、ばかやろ〰〰〰〰〰！」

横に並んだ斎川が、全身を使って声を上げた。

ままならない現実に、耐えがたい理不尽に向かって、眼帯を外して叫ぶ。

「なにも知らないあなたたちが！」

「お前らが」

「お、お前らが！」

そうしてこれでもかというぐらい、大きく、大きく息を吸い込み、

「わたしの大好きなお母さんとお父さんを、ばかにするなああああああ！！！」

遠く遠く、天まで届くような声で叫んだのだった。

「……聞こえましたかね、二人にも」

それからひと呼吸つき、息を整えてから。

斎川は青い瞳を向け、どこか憑きものが落ちたような顔で呟いた。

これですべてが解決したなんて、そんなことあるはずもない。だが少なくとも、きっとこのあと彼女は、最高の歌を歌ってくれる——そんな予感がしたことも確かだった。

「ああ、電波塔にも乗るレベルのいい絶叫だった」

「あはは、ファンにまで聞こえてちゃまずいですね」

まあでも、と斎川は後ろ手を組み、俺を見上げるようにして、

「炎上しちゃったときは火消し、よろしくお願いしますね——プロデューサー?」

花のような天真爛漫な笑顔を見せたのだった。

◆女の子はいつだって、綺麗なドレスを着ていたい

その後俺たちは改めてテレビ局へ向かった。そして楽屋へ行く斎川と別れた俺は、プロデューサーという立ち位置を利用してスタジオに足を踏み入れた。

夏休みの特番ということで、夜のゴールデンタイムに放送されるこの音楽番組。セットは多くの照明とカメラに囲まれ、向かいの客席は観覧客で埋まっていた。

「出演者入られます」

やがて番組がスタートする時間になると、スタッフの声と共に、司会者とアシスタント、そして出演するアーティストが入ってきた。観覧席からは歓声が沸き、多数の出演者に続

いて、斎川が手を振りながら歩いてくる。朝とは打って変わってばっちりメイクを決め、ふりふりの衣装を着こなしている。さすがはアイドル斎川唯、圧倒的にオーラが違う。

だが、それと同時に異変が起こる。

「……やっぱりそうなるか」

観覧席が、僅かにざわつく。みんながなにかに気付いていて、その上で気付かないふりをしているというか。他の演者も決して顔には出さず笑顔を振りまいているが、なんとなくそれが反対に演出のようにさえ見えてしまう。

だが、それも予想できていたことだ。あの報道がまだ続いている中での斎川の出演、気にしない方がおかしい。しかしそんな環境にあっても斎川は、カメラに抜かれていることに気付くと、にこやかにポーズを作ってアピールをする。

するとそれを見て、「呑気だな」と、俺の近くにいた裏方のスタッフが呟いた。

やれ、斎川がこの空気に気付いてないとでも思ってるのか。だったら、唯にゃ検定五級落第だな。

「あいつはそういうときこそ笑うんだよ」

俺は腕を組んで、後方から放送を見守った。

番組は、司会者とアーティストとのトーク、それから歌唱という流れで進行していた。

出演アーティストは全部で十五組。そして二時間ほどプログラムが経過したところで、斎川の出番がやって来た。

「続いては斎川唯さんです」

司会者の呼び込みと共に、カメラのズームが斎川に寄る。

「はーい、世界一のさいかわアイドル、斎川唯です！」

斎川は再びポーズを作りながら登場すると、司会者の男の隣に並んだ。そうして例に倣って最新のシングルにまつわる話や仕事について一、二分間トークが続く。

……ここまでは良かった。しかし。

「最近、色々と大変みたいだけど」

司会者の男が薄く笑いながらそんな話題を斎川に振った。

「……！」

斎川はその唐突な問いに一瞬目を見開く。

「……っ、なんのための打ち合わせだったんだ」

俺も思わず唇を噛む。

今朝俺は、番組側のプロデューサーと今日の流れについて電話で話し合っていた。そこで、生放送では例のスキャンダルの件について触れないでほしいと頭を下げていたのだが……これも話題性や視聴率を狙ったものなのか。誰もが聞きたくて聞けない話題をここで出してきた。

「ご両親のこととはいえ、無関係というわけにはいかないだろうからね」

するとと固まる斎川に、男はさらに追及する。

「こんにゃろ」

俺は思わず足を踏み出そうとして……斎川と目があった。

しかし彼女は俺を見て小さく首を横に振ると、司会者の方に向き直り、

「両親のことでお騒がせしてすみません」

誤魔化すこともなく素直に頭を下げた。その振る舞いにスタジオはざわつく。

「だけど」

そうして斎川は顔を上げると、

「わたしは、わたしです。今日はわたしのステージです。だから今この瞬間だけは、わたしだけを見てほしいかなって」

そう、おどけたような表情で、司会者の男に笑いかけた。

「綺麗事」

誰かがそう呟いた。

出演者か、観覧客か、スタッフか、あるいは番組をエンターテインメントとして盛り上げるための演出か。いかにせよ、斎川を殺す悪意の声が、静かなスタジオに響き渡る。

「……そう、ですね。たしかに、綺麗事かもしれません」

数秒の沈黙があって、斎川は頷いた。

だけど俺は知っている。斎川はただそれだけで終わるような女の子ではない。

両親の死を乗り越え、世界の敵と戦い、自身に降りかかる数多の理不尽を振り払って、
彼女はここに立っているのだ。

「でも。それでも、わたしは綺麗事を言い続けますよ——だって」

そうして斎川はやはり笑う。笑って言う。


「アイドルはいつだって、綺麗なもので着飾っていたいじゃないですか」


斎川は司会者を見ることもなく、カメラの向こうの視聴者に向けてウインクをした。

しん、としたスタジオ。

裏方でスタッフが、司会者に向かってぐるぐると腕を回す。

「……ええ、それでは斎川唯さんのパフォーマンスです」

一瞬の間があって、慌てて司会者が流れを戻す。

だが最早このスタジオの支配者は、今しがた一人の少女が取って代わった。

ここはアイドル斎川唯の、斎川唯による、斎川唯のファンのためのステージだ。

「ええと、曲は……」

そうして狼狽（うろた）える司会者を前にして、斎川はマイクを奪い取り、

「曲は——さふぁいあ☆ふぁんたずむ！」

高い高い、どこかの丘の上まで届くような声で叫んだのだった。

◆かくして悪夢は襲来する

その後無事に生放送が終わり、俺はテレビ局の地下駐車場で斎川を待っていた。

「さすがだな」

俺はその間に携帯を開き、ＳＮＳで先ほどの番組についての書き込みを見ていた。そこに書かれていたのは、司会者の男への非難に加え、ほとんどが斎川に対する励ましのコメントだった。

無論、それで斎川の両親への疑念が晴れたわけでもなく、検察などによる調査は続くことだろう。だがそれでも斎川は、スタジオを纏（まと）っていた微妙な雰囲気を……いやそれ以上に、俺もそう簡単に変わることはないと思っていた世間による悪意を、たった一曲のパフ

ォーマンスで覆したのだ。

「《シエスタ》が言ってた通りだったな」

そうだ、最初から俺にできることなんてなにもない。ただ斎川の決断を見届けるだけ。

それを見守ることが、今回の俺の仕事だったのだ。

そういうわけで、あとは斎川を連れて《シエスタ》の家に戻るだけ……なのだが。

「遅いな」

楽屋で着替えて戻ってくるだけのはずなのだが、もう三十分以上経っている。

「ん？」

そういえば、呼んでいたはずの送迎車もまだ来ていない。

というか、さっきから人っ子一人見当たらない。

地下の駐車場という特性上、たしかに人はそんなにいないだろうが……にしてもこの三十分間、誰一人としてここを通っていない。

ふと、ぬるい風が吹いた気がした。

「……！」

さらにその時、駐車場一帯の電灯が点滅し始めた。そして不規則に暗闇が覆ったかと思うと、やがて完全に明かりが落ちた。

「勘弁してくれ」

こういうのは苦手だって言っただろ……。

俺はスマートフォンを取り出し、懐中電灯の代わりにする。

これで後ろを振り返った日には、完全にそこにいるパターンのやつだ。心霊番組で観(み)たことがある。だから俺は柱に背中をつけ、薄眼(うすめ)で辺りを見渡す。

あとは電話だ、誰かと話していれば霊はやってこない。これも進研(しんけん)○ミでやったところだ。俺はなぜか震える指先で電話をかける。

「夏凪(なつなぎ)頼む出てくれ、夏凪、夏凪、夏凪夏凪夏凪夏凪夏凪夏凪」

ストーカーばりに鬼電を試みるが、夏凪は出てくれない。

まさかこれも霊が原因か？　たしか電波を阻害するとかなんとか……と、半ばパニックになっていたところ。

「お？　つい、た？」

元の明るさではないものの、薄暗く明かりが灯(とも)った。

……まったく、びびらせやがって。

俺は柱から身を離し、呼び出し音が続く電話を切った。

だが、俺はつい今し方抱いていたはずの危惧をもう忘れていた——なにかが現れるとしたら、こうして気を抜いた時だ。

「良いところに餌が落ちてたな」

次の瞬間、首の後ろに鋭い痛みが奔った。

「…………ッ！」

叫び声にもならない。

全身から力が抜け落ち、膝から崩れ落ちた。

なにが起きたか分からない、ただ死の直感だけが脳内を駆け巡る――

「これぐらい喰らえば急場は凌げるか」

だがしかし。その予想が外れた理由があるとすれば、思ったよりも早く、それが俺の首筋から離れたことだった。

「……っ」

俺は地面に倒れ込みながら、背後に立っていたなにかを見上げた。

それは、白い服で全身を包んだ、背の高い一人の男だった。

銀色の髪の毛に、金色の瞳。そして美しく整っているものの、まるで見るものすべてを見下すような冷酷な顔付き。その口元には、俺の赤い血が付着していた。

「お前、は……？」

朦朧とする意識の中、問いかける。

「どうした、人間」

するとそいつは、大きな黒い翼を背中に広げながらこう言った。

「吸血鬼を見るのは初めてか？」

◆ミステリは伝奇ファンタジーと共に

吹きすさぶ夜風に目が覚めた。

……目が覚めた？

辺りを見渡すと、俺はどこか建物の……恐らくはテレビ局の、その屋上にいた。

そして。

「目が覚めたか、人間」

そいつは屋上の細い柵の上で器用に片膝を立てて座っており、手には中身の入ったワイングラスを持っていた。

「どうした？　そんなにもまじまじと自分の血を見つめて」

銀髪金眼の男は、大きなグラスを揺らして不敵に笑う。

悪夢は、まだ終わっていなかった。

「どうやってここまで登った？」

俺は首筋の傷跡を確かめながら、白いジャケットを纏ったその男に訊く。

「つまらん質問だな」

すると男は一気に俺の血を飲み干すと、

「貴様をこの胸に抱いて飛んだに決まっておろう」

再びあの濡羽色の翼を広げてみせた。

せめて見間違いであってくれと願っていたが、もはや認めざるを得ない。

こいつは人ならざる存在――吸血鬼。

古今東西、様々な民間伝承に登場する人型の怪物。人間の血を吸い、永遠の生を享受する彼らは、不死の王としてその存在が言い伝えられているという。

……が、しかし。

「……誤解を招きかねない言い方はやめてくれるか」

ただでさえ俺は男に首筋を噛みつかれているのだ。その上胸に抱いたなどという表現は控えてもらいたいのだが。

「案ずるな、貴様はただじっとオレにその身を捧げておればよい」

「わざとだよな？　それはわざと紛らわしく言ってるんだよな？」

「高貴なる吸血鬼と、それに隷属する人間。あとは分かるな？」

「分かってたまるか！　誰が受け顔だ！」

誰も言っていない。一旦落ち着こう。

「なあ、吸血鬼。一体、お前は……」

「スカーレット」

俺の言葉を、吸血鬼が遮った。

「過去、現在、未来永劫（みらいえいごう）。すべての夜を束ね、下等な愚民を支配する――王（オレ）の名だ」

さっきまで軽口を交わしていた姿とは一転。まるで得物を目の前にした大蛇のように黄金色の瞳がギロリと動き、その風格に思わず全身の毛が逆立つ。

こいつに対してなにか勝負を挑もうだとか、裏を掻（か）こうだとか、そんなことを画策するだけ無駄だと、こうして数メートル離れた距離で相対しているだけで分かる。否、そう理解させられる。吸血鬼と人間。生物としてのステージが――格が違っていた。

「はっ、まあそう固くなるな、人間」

するとスカーレットは柵から降り立ち、ふっと表情を緩める。無論笑みを浮かべるわけではなく、相変わらず不遜な表情と態度ではあるが、今しがたの殺気は和らいでいるように見えた。

「心配せずとも貴様の血はもう吸わん。そもそもオレは、美しい者にしか興味はない」

「ちょっと待て、それはつまり俺の顔が醜いと言われているのか？」

シエスタにもそのレベルの悪口は言われたことないぞ？

「はは。なんだ、人間」

すると次の瞬間、数メートル離れた場所にいたはずのスカーレットがいつの間にか目の前に立っており、そのやたらと整った顔を近づけると、

「──オレの寵愛が欲しいのか？」

俺の顎に指先を添え、甘い声で囁いた。

「……なんだか俺たちの周りで薔薇が咲き誇ってる気がするが」

「性別など些細な問題よ。価値観をアップデートせよ、人間」

まさか吸血鬼にそんな説教を受けるとは。

それからスカーレットは鼻を鳴らして笑うと、また一瞬で俺から距離を取る。

「というかお前は美しい存在にしか興味がないんだろ？　だったらなぜさっきは俺の血を吸った？」

「あ？　ああ、うっかり二週間ほど食事を取ることを忘れていてな。あれは急場を凌いだだけだ。貴様があの場にいなければ飢えて死ぬところだった」

「おい待て、スカーレット。お前、命の恩人に対してずっとこの態度だったのか？」

なぜそんなに偉そうにできる？

どうして今も、雑誌の表紙モデルばりに銀髪を大きく掻きあげられる？

「しかし、やはり男の血は不味いな。二週間飲まず食わずでなければ確実にその場で吐いていた。貴様の顔面に」

「人を殺しかけておいて、よくそんなことが言えるな！」

こいつが人間であれば、対等な立場としてぶん殴っているところだ。

そう、あくまでも対等な立場であれば。

だけど、こいつは――

「……スカーレット、お前は《調律者》なんだよな？」

「ほお」

俺の言葉に、銀髪の男は目を細めた。

やはりそうだ。あらゆる危機から世界を守るために任命された十二人の《調律者》、スカーレットが担うのはその役職のうちの一つ――《吸血鬼》。

《シエスタ》にその存在を聞かされた時はまさか、本物の吸血鬼がいるなどとは考えもしなかったが……こうして目の前に現れては認めざるを得まい。

「そうか、知っているか。白昼夢は貴様にそのことを語ったことはないと言っていたが」

白昼夢――恐らくはシエスタのことだ。

「スカーレットお前、シエスタと知り合いなのか？」

「あ？　オレとあの女の関係？　……そうだな」

するとスカーレットは急に思案顔を浮かべる。

なんだ、なぜ即答しない。どんな関係だったかを言うだけだろ。顔見知りだとか、同じ《調律者》として仕事仲間だったとか。

「まあ、貴様に言う必要はあるまい」

「……待て。それは言わないのか？　それとも言えないのか？」

「はっ、男と女の関係をとやかく問い質すとは、下品な生物だ」

「……男と女の関係って言ったか今？　匂わせてきてないか？」

嘘だろ。いや、嘘だ。嘘だな。嘘に決まっていてほしい。

俺はシエスタと三年間ずっと衣食住を共にしてきたのだ。他に男の影を感じたなど一度もない。大丈夫、大丈夫——

「匂わせると言えば、あの女のシャンプーの香りだが」

「〰〰〰っ！」

「分かりやすいな、人間」

思わず腕を振り上げようとしていた俺を、スカーレットが鼻で嗤った。

……吸血鬼にからかわれた人類第一号が俺でないことを心から祈る。

「はっ、安心しろ。オレとあの女の関係は、貴様が邪推するようなものではない」

するとスカーレットはどこか遠い目で語る。

「あやつが白昼夢ならば、オレは悪夢──昼と夜、互いに決して交じり合うことはなかった」

《名探偵》のシエスタと、《吸血鬼》のスカーレット。

やはり俺の知らぬところで、浅からぬ因縁があることは確かなようだった。

──しかし。

「じゃあ尚更、なぜ俺の下へ来た？」

お前が距離を取ろうとするシエスタの、その助手だった俺のところに。

「色々と理由はあるが……まずは一つ、依頼があってな」

依頼──そのワードは、シエスタを思い出させる。

「まあ、オレの場合は契約か。願いを叶えてやる代わりに、それ相応の対価を支払ってもらうという等価交換だ」

「対価……金か？」

「その場合もある。まあ、オレを納得させるものであればなんでもよい。金でも、地位でも、極上の血でも──オレを満足させるものさえ持ってくれれば、たとえ世界の敵だろうと手を貸してやる」

そう言って、この世の正義であるはずの《調律者》は唇の端を歪める。

「……じゃあお前は、誰かと契約して俺の下へ来たのか？　そしてお前にその契約を持ちかけた人物こそが、俺に用があったと」

「半分正解だ。たしかにオレがここへ来た理由の一つは、その契約者によるものである。だが、その契約者とて貴様自身に用があるわけではない」

「は？　俺に用があるわけじゃない？」

だがわざわざ俺に接触してきたということは、恐らくこの付近にいる俺の身内に用があるはずで——

「斎川(さいかわ)か」

いや、仮にそうだとして、斎川になんの用があるというのか。

そしてスカーレットの契約者とは一体。

「吸血鬼に付き従う存在と言えば、一つしか考えられないと思うが」

ふと、そんな声が空から降ってくる。

そして声の主は俺の目の前……スカーレットの隣に着地すると、

「ハハッ、また会ったな。ワトソン」

いつものように笑うと、《耳》から生やした触手をうねらせる。

「コウモリ……ッ！」

そしてその渦を巻いた触手の中に――斎川唯が苦しげな顔を覗かせていた。

◆原初の種、器の少女

コウモリ――元《SPES》の幹部にして、俺とシエスタにとって因縁の相手。

四年前、地上一万メートルを飛ぶ飛行機で出会い、そこでシエスタによって制圧された
コウモリは、それ以来日本の警察の監視下で幽閉されることになった。

だが今、奴はこうして脱獄をし、俺の目の前に現れた。

そしてその《耳》から生えた触手には――

「君塚、さん……」

斎川が苦悶の表情で俺に助けを求める。

「……っ、お前は《シエスタ》がどうにかするって話だったんだけどな」

昨日、《シエスタ》はそのために家を出たはずだったが……まさか取り逃がしたのか？

あの《シエスタ》が？　いや、今はそれよりも。

「斎川を返せ、コウモリ」

俺は腰のホルスターから銃を引き抜いた。

「ハハッ、物騒なプロデューサーだなあ」

するとコウモリは、その《耳》で俺たちの会話も聞いていたのか、そう嘲るように唇を歪めた。

「まあいいさ。オレもこのままじゃ重いからなあ」

コウモリはそう言うと、予想に反してあっさりと斎川をその触手から解放した。

「君塚さん！」

斎川が駆け寄り、隠れるように俺の腰にしがみつく。

「大丈夫か？」

「重いって言われました！　今すぐあの人撃ち○してください！」

「よし、大丈夫そうだな」

俺は斎川の頭を軽く撫でつつ、前に並んだ二人に向かい合う。

吸血鬼とコウモリ――こいつらが今回の敵だ。

「コウモリ、なぜお前がスカーレットと一緒にいる？　シードと手を組んだはずじゃないのか？」

俺は銃を握り、隣に並んだコウモリとスカーレットにそれぞれ視線を向ける。

「おいおい、質問は一個ずつにしてくれ」

しかしコウモリはハハッといつもの腹立つ笑い方をする。

「なんでもよいが、コウモリ。貴様に説明は任せるぞ」

一方スカーレットは「まだ寝起きでな」と言いながら首の骨を鳴らすと、影のなかに入るように消えていった。

「君塚さん、今のは……」

すると斎川がその光景を見て目を見開く。

「吸血鬼なんだとよ、にわかには信じがたいが」

しかし俺の首筋にはその証拠が刻まれている。

「なるほど、ご卒業おめでとうございます」

「……男相手にそんな卒業を迎えたくはない」

そんな話をしている場合ではなく。

「コウモリ、お前はスカーレットとはどういう関係だ？」

俺は改めて銃口を敵に向けた。すると、

「元々はシードが、オレを連れ戻すべくスカーレットに依頼を出したそうだ」

コウモリは首の骨を鳴らしながら、そんな三者の関係を明かす。

「《SPES》も人手に困っているらしくてな。シードは、一度は袂を分かったオレに、スカーレットを通して接触してきたというわけだ」

そうだ、この男は《SPES》とは喧嘩別れをしていたはずだ。あの四年前のハイジャック事件も、それが引き金だったと聞いている。

だが今回シードは過去の因縁を流すように、スカーレットを頼ってコウモリに接触を図った。そしてスカーレットは、あの厳重な警備を突破してコウモリを脱獄させた、と。俺も一度は足を運んだことのある、あの別荘から。

「だが、オレは《SPES》に戻るつもりはなくてな。反対に、とある理由で利害が一致したスカーレットと協力関係になったというわけだ」

「それでシード抜きで、俺や斎川に接触してきたと？　だったら、今さら何が目的だ。お前は、サファイアの事件の時も助けてくれたはずだろ？」

そう、斎川の《左眼》が《SPES》に狙われたあの一件。その時はコウモリの協力もあって事件は無事に解決した。

「なのに今回はなぜ斎川を……やっぱりこいつの《左眼》を奪うつもりか？」

そう言うと、斎川が俺の袖口をきゅっと掴んだ。そうだ、斎川にとってサファイアの左眼は、あるいは命よりも大切な、両親の形見だった。

「良い読みだが、オレも丸くなったものでな。そこまで派手なことをするつもりはない」

コウモリはそう静かに呟き、わずかに開いた目で斎川を見つめる。

「オレはただ勧誘しに来ただけだ——仲間にならないか、とな」

「「は？」」

俺と斎川の声が重なる。こいつは、一体なにを言っている？

「簡単な話だ。共に《SPES》を倒さないかと言っている」

「……だから今回のシードの呼びかけにも応じなかったのか」

「そういうわけだ。今はひとまず戦力を集めていてな。オレには《耳》、そしてその娘には《眼》がある」

コウモリはそう言って濁った瞳を向けると、

「だから斎川唯。オレと共に来い」

そんな強引な理屈で斎川を仲間に引き入れようとする。

「そう簡単に俺が斎川を引き渡すとでも?」

「そうです。君塚さんのわたしへの執着度は異常ですから」

「斎川、ベクトルのずれた援護射撃はやめろ」

やれ、相変わらず空気を読まんやつだ。

「無論、ワトソンや新しく探偵になったお嬢ちゃんも来てもらって構わん。とにかく今は戦力が必要だ――アレを倒すためには」

コウモリは険相を顔に浮かべ、最近になって大きく動き出した敵の親玉の名前を出す。

「シードが……《SPES》がなぜこの一年間、目立った動きを見せなかったか。お前は考えたことがあるか」

するとコウモリはそんな問いかけをしてくる。

俺がぬるま湯に浸っていたこの一年。たしかに《SPES》は俺への接触をまったくと言っていいほど図ってこなかった。それは、シエスタの影役でしかなかった俺に対して、やつらが興味を示さなかったからだと、そう思っていた。——だが。

「なにか、特別な意図があるのか？」

「話は遡る」

そう言うとコウモリはジャケットの胸ポケットから煙草を取り出し、火を点けた。

「数十年前、シードはこの惑星の外から《種》として飛来した。だがしかし奴は、この地球環境には完全に適合ができなかった」

「……！」

それは初めて聞く情報だった。シードは、そもそもこの地球上で生きるために適した肉体を所持していない……だからこそ、あれだけ生存本能にこだわっていたのか。

「それゆえにシードは、地球上での生存を可能とするための人間の器を探していた」

「器……シードは人間の肉体を乗っ取るつもりなのか……」

奴は自らの意識や力を残しつつ、他者の身体に乗り移ろうとしている、と。

「そうだ。しかし一口に器とは言うが、どんな肉体でもいいわけではない。最低条件として《種》に適合する身体でなければ、到底シードをその身に宿すことはできない」

「《種》に適合？　っ、まさか、あの施設か……」

「繋がったみたいだな」

夏凪が語っていた六年前の過去。彼女たちが過ごしたあの孤児院では日夜、人体実験が繰り広げられていたという。それは全部——

「《原初の種》に適合する器を作り出すためのものだったのか」

そんな理由で幼い子ども達はあの孤島に集められ、実験に身を捧げさせられていた。

「だが思った以上に、実験はうまくいかなかった。《種》に耐えられるサンプルがあまりに少なかったのさ」

それは、六年前の話のなかでも語られていたことだ。器としての耐久力がある……すなわち《種》に適合し得る子どもの人数は限られていた。そして、その実験に失敗したアリシアは——命を落とした。

「それに、仮に《種》に適合したとしても副作用が起こるケースも多い」

「副作用？　……その眼か」

俺が訊くと、コウモリは鼻を鳴らしながら煙を吐く。コウモリもまた《種》を無理やり身体に定着させた元人間。奴は《SPES》としての力を得る代わりに視力を失っていた。

「そうだ。副作用は人間の五感を奪い、あるいはその寿命すらも食い尽くすことがある。だからこそシードは完全なる器を求めていて……やがてあいつは、その候補として二人のサンプルを見出した。それが——」

「シエスタと、ヘルか」

それは一年前、シードが語っていたことだ。

どちらか一方に肩入れしては、計画が成り立たなくなる、と。

つまりシードは、シエスタとヘルをあえて戦わせ、その勝者こそを自身の器に据えようとしていた。言うなればシードは二人の娘を間引こうとしていたのだ。

「だがその結末はワトソン、お前自身がよく知っているだろう」

「……ああ、俺も最近思い出したばかりだがな」

それはシエスタとヘルによる死闘の行方。シエスタという器はその肉体の死によって失われ……もう一方の器は、ヘル、夏凪、シエスタという三人ですでに容量が埋まってしまっていた。それを無理矢理にこじ開けようとすれば、恐らく入れ物は壊れてしまう。

つまりシエスタの犠牲は俺たちにとっては幸か不幸か、シードに対し、乗り移るべき器の対象を二人同時に失わせる結果になったのだ。

「そうしてシードは一年間、待ち続けた。あの二人が再び分離する日が来ることを。そしてその時には、生き残った方にその身を宿そうと」

「……だがその日は来なかった、というわけか」

シードは恐らく、あの客船でのシエスタとカメレオンとの戦いを観測し、悟った。

シエスタが夏凪の肉体に完全に定着し、もう二度と離れないであろうということを。

「そういうことだ。無論、シードもこの一年ただ手をこまねいていたわけではない。だが配下を使って事を起こすたびに邪魔が入り、求める結果を得られなかった。そこで奴はより格が上であるスカーレットを通じ、遂に次なる手に打って出ることにした」

それが《シエスタ》の言っていた、シードの新たな動き。奴は最有力だった器の候補を失い、恐らく今、新たな入れ物を探している。

そしてその器の条件とは、《種》の力を使いこなし、かつ大きな副作用も現れていない人物。身近にそんな人間がいるとすれば。

「君塚、さん」

ふと、俺の袖口が小さく引っ張られた。

ああ、分かっている。仮説はもう、とっくの昔に立っていた。

「シードは、斎川唯を器にするつもりなんだな」

◆世界で最も醜悪な選択肢

シードが斎川を器として利用しようとしている。

その仮説を立てることで、今まで納得のいかなかったことにも辻褄が合い始める。

たとえば一年前、ロンドンにて。シードはその姿を風靡さんに変え、俺とシエスタ、そして夏凪（当時はアリシアの姿だったが）の元へ現れた。そして奴は俺と夏凪に、《サファイアの眼》を探せという指示を出した。

その時は《サファイアの眼》が具体的になにを意味するのか分からなかったが、あれは斎川のことを指していたのだろう。つまりは一年前の時点でシードは、俺たちに斎川と接触を図らせようとしていた――斎川を器の保険として、シエスタの側に置こうとしていたのだ。そうしてシードは間接的に斎川を見極め、育てようとしていた。

だが当時のシエスタの判断によってそれは見送られ、俺たちが実際に斎川と出会うのはそれから一年後となった。そしてそのきっかけこそ、《SPES》による「時価三十億円のサファイアをいただく」というあの犯行文だった。結局あの事件も、斎川唯という未完成の器を育てるべくあえて危機を与えるという意図があったのかもしれない。

「……シエスタが死んでからは、結局シードのシナリオ通りに進んでたってことか」

サファイアの事件も、そして豪華客船でのカメレオンとの決戦も、すべてシードに観測されていた。問題を解決した気になっていたが、俺たちはやつの掌の上で踊らされていたのだ。

「そういうわけだ。最有力だった器候補が失われた今、次にシードが狙うのは間違いなくその娘だろう。であれば、先んじて対抗措置を取るべきだ」

コウモリは煙草を地面に落としながらそう言って、改めて斎川を《SPES》討伐の一員として迎え入れようとする。

「それにその娘自身、《SPES》と戦う理由は誰よりもあるはずだ」

するとコウモリは煙草の火を足で踏みつけながら、斎川に目を向ける。

「わたしが……？」

一方斎川はコウモリの発言に心当たりがない様子で、俺の隣で首をかしげる。

「そうか。その《左眼》が一体どういう経緯で埋められたか、知らされていないのか」

するとコウモリは得心がいったように軽く頷く。

斎川のサファイアの義眼と言えば、生まれつき目が見えなかった斎川のために彼女の両親が贈ったものだと聞いていたが……。

「いいか？　よく考えろ。いくら資産家で、いくら可愛い一人娘のためとは言え、たかが綺麗な義眼のために何十億も用意する人間がいると思うか？」

「それ、は……」

そう問われて斎川が固まる。……まさか。

「サファイアの左眼には、斎川も知らない秘密がある？」

俺の問いに、コウモリは次のように語る。

「これはオレもつい最近知ったことではあるが――その娘は生まれてすぐ、左眼に悪性腫瘍ができたそうだ」

眼球の癌、それは聞いたことがない症例だった。

「主に五歳未満の子どもに発症する希少な病で、この国における年間の症例数も百に満たないという。そして症状が進行した場合の治療法は眼球の摘出手術だが、それでも絶対に完治するとは言えなかった」

そこまで聞いてようやく話が見えた。

恐らく斎川の眼の病気は、普通の方法では治らないことが予想されていた。それでも彼女の両親が、どんな手を使ってでも一人娘の病を治そうとしたと考えると――

「それで斎川の両親は、《SPES》に頼ったのか」

大切な一人娘の命を救うために、巨悪の力を借りることを選択した。

「そんな……」

初めて知るその真実に、斎川の手が震える。斎川の両親は、娘にいらぬ不安を抱かせないために黙っていたのだろう。……いや、きっと不安だけではない。彼らが最も恐れたのは――罪悪感だ。

「そして彼らは、巨額の資金を《SPES》の実験施設に投資した」

コウモリのその言葉ですべての可能性が繋がる。

夏凪が語っていた六年前の過去、その話のなかで、孤児院に多額の寄付を続けているという、とある日本人の資産家夫婦が出てきた。もしかするとそれが斎川の両親だったのではないか。

そして最近になって報道が始まった、斎川の両親による不正経理疑惑。それこそが、六年前のその不審な金の流れを指すものだったのではないか。

もしもその仮説がすべて正しかったとするならば。

「……一つだけ、答えてください」

ふと斎川の右手が俺から離れた。

そして斎川は努めて冷静にコウモリに語りかける。

「とある契約を交わして《SPES》の秘密を知った一般人がいたとして、だけどいずれその契約が満了を迎えた時、《SPES》はその一般人を、ど、う、し、ますか?」

その質問が意味することは、考えずともすぐに分かる。

だが俺が止める間もなく、コウモリは答えた。

「間違いなく殺すだろうな」

待っていたのは、考えられうる限りで最悪のシナリオ——斎川の両親は事故ではなく、《SPES》によって殺害されていた。

「そん、な……」

「斎川！」

ふらつき倒れそうになる斎川を俺は後ろから支える。

……昨晩、斎川は自ら語っていた。

自分はシエスタとも、《SPES》とも関係が薄いのだと。だからこそ、これは自分だけの物語なのだと。そう言って、自分の人生に誇りを持っていた。

だが、今繋がってしまった。

彼女はどうしようもなく、この悪夢の渦のただ中にいた。

「だから斎川唯には戦う理由がある。《SPES》に銃口を向ける宿命がある」

コウモリはそう言うと、斎川に向かって腰から抜いた拳銃を放り投げた。

それを持って戦えと、そう言外に伝えていた。

「わたし、は……」

斎川の声が震える。

自身の左眼に隠されていた真実、そして両親の死の真相。すべてを知ったばかりの斎川に、なにかを選択できる余裕などあろうはずもなかった。

「コウモリ、今は――」

俺が代わって、足を踏み出そうとしたその時。

「まったく、下手くそか」

コウモリの近くの影から、人影が生えてくる。

銀色の髪に、金色の瞳。

白いジャケットを身に纏った吸血鬼――スカーレット。

短い眠りから覚めた男は、不機嫌そうにコウモリをなじる。

「よくもそのような交渉の仕方で説得ができると思ったな、哺乳類」

貴様は下がっておれ、とスカーレットはコウモリの前に出る。

「ハッ、吸血鬼。勘違いするな、たしかにオレはお前に協力は仰いだが、だからといって手下になった覚えは……」

そしてコウモリがそう、スカーレットに噛みつこうとしたその刹那だった。


「図に乗るなよ――下等生物」


スカーレットの金色の瞳が、雷光のように瞬いた。

「……ッ！」

すると突然コウモリが、その場に膝を折った。

そしてその意思に反したように、スカーレットに向かって頭を下げ始める。

「……く、そ」

コウモリは苦悶の表情で抵抗をするが、段々とその顔は見えなくなり、やがて完全に頭が地面につく。

「たかが人間がオレに対し不敬な態度を取ることは許さん。しばらくそこで頭を垂れたまま手本を見ておけ」

これも吸血鬼の力なのか。スカーレットは手も触れずコウモリを制圧してみせると、改めて俺と斎川に向き直る。

「さて。悪かったな、手間をかけさせた」

そしてスカーレットは、意外にも俺たちに謝罪の言葉を口にする。

「いや、俺たちは……」

「契約を試みるなら、それ相応の対価を用意せねばならんことぐらい分かるだろうに」

しかし戸惑う俺をよそに、スカーレットはまた別の方向に話を進めていく。そしてそれが、最悪な終着点に向かっていることに気付くのに、そう長い時間はかからなかった。

「どうだ、サファイアの娘。貴様がこやつの要求を呑み、《SPES》討伐に手を貸すというのなら、一つ願いを叶えてやろう」

「願い……？」

斎川はそんなスカーレットの提案に瞳を揺らす。

「ああ、そうだ。なんでもよいぞ。たとえば――」

そして吸血鬼は、甘く囁(ささや)く。

「貴様の両親を生き返らせる、というのはどうだ？」

◆生きているわたしたちができること

「お父さんとお母さんを、生き返らせる……？」

斎川(さいかわ)の右眼(みぎめ)が大きく見開かれる。あり得ないと思っていた奇跡を、その可能性の糸を垂らされて、彼女の心は揺らぐ。——だけど。

「あり得ない」

俺は残酷だと分かっていながらも、そんな甘い希望を一刀両断する。

「一度死んだ人間は、決して生き返らない」

そんなことは誰だって知っている。

死者は生き返らない。なくなったものは決して元に戻らない。だからこそそれが、かけがえのないものなのだと、みんな理解している。

「ああ、そうだな」

スカーレットは無機質な声で一度は俺のその主張を認める。だが、

「しかしオレは吸血鬼——不死の王であるぞ？」

無表情のまま、九十度に首を傾ける。

そして吸血鬼は地獄に向かって呼びかけた。


「舞い戻れ、爬虫類(はちゅうるい)」


次の瞬間、スカーレットの影の中から人型のシルエットが浮かび上がる。

「君塚(きみづか)さん、これは……」

放心していた斎川でさえ、驚愕(きょうがく)に目を見開く。

俺たちの目に映っているのは——銀色の髪の毛に、アジア系の顔立ちの細身の男。

そしてその口元からは、爬虫類のような長い舌が生えていた。

「カメレオン……」

《SPES(スペース)》の幹部にして、昔からの俺たちの宿敵。約一年前のロンドンでの邂逅(かいこう)から因縁は始まり、しかし遂(つい)に最近、豪華客船での決戦を最後に奴(やつ)は海に沈んだ——はずだった。

「どうしてお前が生きている」

だらっとした前傾姿勢を取り、長い舌を垂らすカメレオン。その姿はたしかに、幾度も戦いの中で見たシルエットのままだ。……だが。

「――ア、ア、アア、アアアア」

地底から響くような音が鳴る。

「なんだよ、これ」

カメレオンは不穏なノイズを発声し続けるだけで、意味のある言葉を喋らない。目の焦点も合っておらず、まるで貧血を起こした時のようにふらふらした足取りで立っている。

こいつは本当にあのカメレオンなのか？

「有り体に言えば、ゾンビとでも呼ぶべき存在だろうな」

スカーレットが、冷たい視線で隣のカメレオンを一瞥する。

「オレに流れる不死の血は、こうして死んだ者を《不死者》として蘇らせることができる」

「……っ！　死体人形ってわけか」

そう言うと、スカーレットは冷たい笑みを浮かべながら、俺たちの周りを歩き回る。

「死体人形とは、なるほど、言い得て妙だ。確かにこやつらは、喋ることもできなければ、コミュニケーションを取ることもできない。痛覚を喪失し、その他五感もほとんど機能していない。そういう意味では、やはりこやつはただの生きる屍であろう」

だが、とスカーレットは続ける。

「オレの吸血行為によって作られる《不死者》は、生前の最も強い本能を残して生き返る。すなわち、こやつらは生前の願いを叶えることができるのだ」

なあ人間、と吸血鬼は俺に問いかける。

「死してなお願いが叶えられるのだとすれば、それは幸せなことだとは思わないか？」

その価値観の違いは、人類と吸血鬼の決定的な差なのだろうか。あるいは、死生観が異なる吸血鬼が、それでも人類に歩み寄ろうとした結果生み出された、いびつな思考実験か。この男が言っていることは間違っている——そう分かっているはずなのに、俺はすぐに言葉を返すことができなかった。

「さあ、どうする。サファイアの娘」

するとスカーレットは、俺から斎川(さいかわ)に対象を移す。

いや、そもそもこの選択権が与えられているのは初めから斎川なのだ。

「安心しろ、遺体など無くともよい。骨でも髪の毛でも、ＤＮＡさえ残っていれば、オレの血で貴様の両親を《不死者》として蘇らせてやろう」

「…………」

沈黙する斎川に、スカーレットは歪に口角を上げる。

「ほら、早く決めぬと、外野が黙っておらんぞ」

スカーレットがそう呟(つぶや)いた刹那。

「――ア、ア、アアアアアアアアアアアアア！」

耳をつんざく咆哮が轟く。

「斎川、気をつけろ！」

カメレオンが背中を大きく逸らし叫んでいた。

意識もなく、なぜ自分がここに立っているかも分からず、ただそうすることしかできないように、唸り声をあげる。そして俺たちに襲いかからんと、ふらつく足を絡ませながら走り寄ろうとしてくる。

そうだ、カメレオンの本能は――生存のための闘争。

死してなお、蘇ってなお、奴は意味のない戦いを続ける。

それがカメレオンの、願いなのだから。

「話が違うぞ、吸血鬼」

そんな声が聞こえてきて、それと同時にカメレオンの動きが止まった。

白目を剥き、俺たちに掴みかかろうとしていたカメレオン……その身体に長い《触手》が巻かれている。

「ほお、よく動けたな――コウモリ」

スカーレットが前を向いたまま、背後にいるコウモリを初めてその名で呼んだ。

コウモリは左耳から生えた《触手》を伸ばし、カメレオンの動きを制圧する。それはまるで、俺と斎川を守っているようにも見えた。

「なあ、吸血鬼。お前がここまで不完全な《不死者》しか作れないとは聞いていないぞ」

そう言ってコウモリは、再び臆することなくスカーレットに噛みつく。

「オレはお前が、もっと完全な形で死者を生き返らせることができると踏んで契約を持ちかけたんだがな」

吸血鬼との契約――それがさっきコウモリの言っていた、利害の一致というやつなのだろうか。スカーレットの死者を蘇らせる能力に期待し、それに見合う対価を用意していた、と。だがそれは、コウモリが思っていたほど万能なものではなかった。

「たわけ」

しかしスカーレットは振り返り、そんなコウモリの反駁を一蹴する。

「代償なき奇跡などあるものか。なにかを得ればなにかを失う、当然の理であろう。それともなにか？　髪の毛一本で貴様の妹御が元通り生き返るとでも本気で思っておったのか？」

「……っ！　黙れ！」

コウモリは激昂する。

だがその怒りの矛先はスカーレットに向けられることはなく、カメレオンを縛る《触手》に力が込められる——それはまるで不完全な《不死者》への苛立ちを表すかのように。

「——ア、アア、ア」

カメレオンは苦しげにうめき声を上げる。

そこにはもう、俺たちの前に敵として立ちはだかっていた頃の姿はなかった。

「さあ、サファイアの娘。貴様が決めろ」

スカーレットが再び、斎川に選択権を委ねる。

「たしかに生き返った死者はこのような姿に成り果てる。だが案ずるな、さっきも言った通りオレが作る《不死者》は、生前の最も強い願いと共に蘇る。なあサファイアの娘よ、親の本能とは一体なんだと思う？」

スカーレットはそう斎川に問いかけると、

「——子への無償の愛だ」

金色の瞳を細めながら、そう自分自身で断言した。

「ゆえに生き返った貴様の両親は、たとえ死体人形と化そうとも、一人娘への愛だけは決して忘れぬだろう」

なあサファイアの娘、と、スカーレットは重ねて言う。

「そんな両親に、もう一度会いたくはないか？」

そんな説得を受けて斎川は、

「………」

じっとその場に立ち止まり、拳を堅く握る。

だがその彼女の目の前には、

「――ガ、アッ、アア」

コウモリの《触手》に巻かれたカメレオンが、声にならない声を上げて俺たちを威嚇する。そして奴が手を伸ばした先に立っている斎川。その足元には、さっきコウモリが放り投げた拳銃が落ちている。

「斎川……」

そんな斎川に対して俺はなにかを言おうとして――やめた。

今回、俺にできることはなにもない。

なぜならここに来る前、あの《シエスタ》がこう言っていたのだ。

斎川唯の決断を見守れ、と。

それはきっと、今この場面も指しているのだと、そう直感していた。

「さあ、どうする。娘よ」

決断を急かすスカーレット。カメレオンも身体を引きずるようにして目前まで迫っている。そんな状況に追い込まれた斎川は、遂にその身を屈め――

「可哀想(かわいそう)に」

カメレオンの頭を、そっと撫(な)でた。

「…………」

無言でその様子を見つめるスカーレットを尻目に……そして足元に落ちた銃にも目もくれず。斎川(さいかわ)は淋(さび)しげな微笑を浮かべ、うめき声を上げるカメレオンの銀色の髪を優しく撫でる。

「もう、戦わなくていいんですよ。あなたの戦いはすでに、優しい名探偵さんと、その助手さんが終わらせてくれました。だから、もうどうか休んでください」

……そうだ。カメレオンもまた、シードのクローンとして戦うためだけに産み落とされた、ある意味被害者だ。そしてそんなカメレオンの戦いは、あの客船での決戦でもう、終わっていた。シエスタが、終わらせていた。

「――ア、ア、アア」

カメレオンが啼(な)く。なにかを伝えようとしているのか、必死に声を絞り出す。だが意味をなさないその音は、虚(むな)しく夜空に吸い込まれていく。

「歌って、と言っています」

しかしただ一人。たった一人だけ斎川は、その意図を汲み取ったように、カメレオンの顔を見ながら真面目な顔でそう言う。

「……本当か？」

「さあ、分かりません」

「おい」

こんな状況にかかわらず思わず突っ込んでしまう。

「でも、仕方ないじゃないですか。死んだ人はもう、なにも語ってくれません」

斎川はそう言いながら立ち上がると、

「だからわたしたちは、たとえ傲慢で、自分勝手だと言われようとも——その人がなにを望むのかを考え、信じて、実行していくしかないと思うんです」

振り返って、俺に笑いかけた。そのどこか儚げな微笑は、これまで見てきた斎川のどんな顔よりも哀しく、だけど最も真摯に見えた。

「——ああ、そうだな」

死者が遺された者達になにを望むのか……本当の意味でそれを窺い知ることはできない。

斎川の両親が今、一人娘にどんな生き方をしてほしいと願っているのか。その答えを聞く

ことはもう、永久に叶(かな)わないのだ。

だが斎川(さいかわ)はそれでも信じる。

自分の選んだこの道が、きっと彼らも望む未来であったことを。

「わたしはやっぱり、お父さんとお母さんが生きていたら、いつだって褒めてもらえるような自分でいたいんです。そしてもしもわたしが……ずっと内向的で、友だちもいなかったわたしが今、沢山のファンや仲間に囲まれて歌を歌っていたら、二人は喜んでくれるんじゃないかって、そう思うんです」

それが斎川唯(ゆい)の信じる、両親の遺志。

彼女は復讐(ふくしゅう)には染まらない。

ただ笑って、仲間に囲まれて、アイドルを続けていく。

「だから、ごめんなさい。これも、あなたがきっと望んでくれると信じて」

そう言った斎川の右手には、見えないはずのマイクが見えた。

それはカメレオンに……あるいは、斎川の両親に捧(ささ)げる鎮魂歌(レクイエム)。

だがそれでいい、斎川唯はそうあるべきだ。

アイドルにピストルは似合わない。

空気も読まず、人造人間も吸血鬼も無視して、斎川は歌う。

「それじゃあ聞いてください。曲は――」

これからも、歌い続ける。

◆あの日の後悔、いつかの約束

「疲れた……」

あれから。

俺は肩を落とし背中を丸めながら、例の隠れ家へ帰るための夜道を辿っていた。

「君塚さん、猫背を通り越してゾンビみたいになってますよ」

すると隣を歩いていた斎川が、そんなたとえで俺を窘めてくる。

「吸血鬼に人造人間に死体人形が勢揃いだったんだ、こうもなるだろ」

「あはは、オールスター大集合でしたね」

そう言って斎川はからっと笑う。

俺は、やれ脳天気だなと言い返そうとして……しかし、そうやって笑えているこの現状に、今さらながら胸を撫で下ろした。

「まったく、よく助かったもんだ」

俺は、数十分前に行われた屋上でのやり取りを思い出す——

「はは、ははは っ」

スカーレットは額に手をかざし、さぞや可笑しそうに破顔する。

「なんだあの娘は、もはやオレの姿など目にも入っておらんかったではないか」

結局斎川は、スカーレットの「両親を生き返らせる気はないか」という提案にまともに返事すらせず、屋上リサイタルで一曲歌い終えると、着替えのために一人とっとと楽屋へ帰っていった。

だがその振る舞いから、彼女の考えは明白だ——斎川は、両親を生き返らせるという選択肢を取らない。あの不完全に蘇ったカメレオンを見て、決して本当の意味で両親が生き返ることはないと悟ったのだ。

そしてなにより斎川は、もう両親がいなくとも自分の足で立って歩ける。その左眼で前が見える。これは彼女の物語で、彼女だけの人生なのだ。

「愉快な人間もいるものだな」

スカーレットはそう言いながらカメレオンの亡骸に近づく。

——カメレオンは、斎川が去った後、俺がとどめを刺していた。

これでカメレオンを殺すのは二度目だ。敵にこんなことを言うのはおかしいと分かってはいても、せめて安らかに眠れと静かに祈った。

「ところでスカーレット、お前はどうしてシードではなくコウモリに協力した？」

そのコウモリはもう、どこか遠く夜の闇に消えている。だから俺とスカーレット、二人だけになった今、そんなことを改めて訊いた。

「所詮は気まぐれ……と言ってもよいが」

するとスカーレットはどこか含みを持たせながら、

「一度、《特異点》を見極めておこうと思ってな」

そんな謎の単語を呟きながら、なぜか目を細めて俺を見つめた。

「それに」

「？」

「シード——あやつが当初オレに差し出すと提案してきた対価は、普通ではなかった」

スカーレットはそう言いながら、フッと薄く笑う。

「その酔狂に付き合ってみるのも悪くはないかと一度は話に乗ったわけだが……しかし結果的に面白いものは見られた。今は満足してここを去ろう」

そうしてスカーレットは軽い身のこなしで、柵の上に器用に飛び乗る。

「具体的には、なにを対価として準備しようとしていたんだ、シードは？」

「はっ。それはいつか自分の力で解き明かしてみよ、人間」

あの白昼夢の隣に立つ男であるならば。

スカーレットは柵の上に立ち、背中越しに語る。

「しかし、せっかくだ。オレも一つだけ尋ねておこうか」

するとスカーレットは細い柵の上で、半身で振り返ると、

「貴様には、生き返らせたい人間はいないのか？」


色のない表情で、俺を見下ろしながらそう言った。

死者を生き返らせる。

もしも、そんな神をも恐れぬ行為が本当に叶うのだとしたら、その時俺は——

「まあ、今その答えはいらぬ。どの道今回のオレは顔見せで、真の出番はもっと先にある。いつかそこまで辿り着け、人間」

しかしスカーレットはそんな言葉を残して、柵の上から後ろ向きに倒れていく。

それを見て、俺は。

「君塚だ——君塚、君彦」

なぜそうしたのかは自分でも分からない。

だが気付くとそんな風に、まだ名乗っていなかった自分の名前を語ったのだった——

「君塚(きみづか)さん？　……君塚さん！」

　ふと、袖口が引っ張られる。見ると斎川(さいかわ)が、怪訝(けげん)な顔で俺を下から覗(のぞ)きこんでいた。

「もう着きますよ？」

「ああ、悪い。考え事してた」

　最後にスカーレットと屋上で交わされたやり取りを思い出しているうちに、いつの間にか《シエスタ》邸(てい)へ帰り着くところだったらしい。

「まったく、君塚さんぐらいですよ。わたしとの会話で上の空なのは」

　斎川は俺にジト目を向けると、すんと横を向く。

　どうやら斎川は俺に色々と喋(しゃべ)りかけてくれていたらしい。

「悪かった」

　俺は、いじける斎川の頭をぽんぽんと撫(な)でる。

「もういいです、君塚さんとは喋ってあげません」

「そりゃ悲しいな……」

　娘が反抗期を迎えた父親の心情はこんな感じなのだろうか。

「悪かった」

　俺は振り払われた手を降ろし、ずんずんと前を歩く斎川にまた謝罪する。

「だから……」

「なにもできなくて、悪かった」

「え？」

俺の言葉に斎川が振り返る。

そうだ、もっと俺はいち早く、この言葉を彼女にかけてやらなければならなかった。

「なにも言ってやれなくて悪かった。見守ることしかできなくて悪かった。力になってやれなくて悪かった。斎川が、自分で乗り越えるのを待つことしかできなくて――」

次の言葉を言おうとした刹那、俺の腰をなにかが掴んだ。

「悪かった」

俺はもう一度だけその言葉を口にしてから、胸に飛び込んできた斎川を抱き締めた。

「……三年ぶりです」

斎川のどこか甘えた声が、胸の少し下辺りから聞こえる。

「三年ぶりに、誰かに抱き締めてもらいました」

三年。斎川にとってその数字がなにを指すか、今さら確認するまでもない。

けれど、俺は斎川の両親の代わりにはなれない。そしてそれは俺だけの話ではなく、誰もが、誰もの代わりになることはできないのだ。

――でも。それでも、と俺は思う。

それでも、誰かと一緒に歩くことはできる。手を握ることも、頭を撫でることもできる。

そして、こうして抱き締めることができる。だったら——

「俺の胸ぐらい、いつだって貸してやる」

一年前、自分がしてもらい損ねたことを、こうして返していこうと、そう思った。

「でも、君塚(きみづか)さんも」

その時、ふと斎川(さいかわ)が俺を見上げて言った。

「君塚さんも、もっと甘えて、わがままになっていいんですからね」

それが決して茶化(ちゃか)しているわけではないことは、彼女の表情を見ればすぐに分かった。

「自分がどうしたいかだけで、いいんですからね」

いつかも斎川に言われた台詞(せりふ)だ。

彼女はその言葉通り自らの進む道を決めた。きっと亡き両親は、仲間に囲まれ、アイドルを続ける自分を褒めてくれるだろうと。そしてそれこそが自分がやりたいことなのだと。

——じゃあ、俺はどうだ？

今は亡き名探偵の遺志、それを継ぐことが本当に俺のやりたいことなのだろうか。

俺は今、心の中で一体なにを望んでいるのだろうか。

◆すべては今、反転する

「ただいま〜！」

地下に続く階段を降り、斎川が鉄の扉を開く。

色々あったが、ようやく《シエスタ》の隠れ家に帰って来られた。

「遅くなってすみません〜」

斎川は、留守番をしているはずの夏凪とシャルに声をかける。あまりに予想外のトラブルに巻き込まれた結果、居間の壁に掛けられた時計は、午前零時過ぎを指していた。

「シャワーだけ浴びて寝るか」

……と思ったのだが、その前にさっき俺たちの身に起こったことぐらいは夏凪たちに共有しておくべきかもしれない。特に《SPES》の現状とシードの目的については早く知らせて——

「渚さんッ！」

刹那、斎川の叫び声が上がった。

居間に置かれたダイニングテーブル、そのそばで斎川が身を屈めている。

「どうした！　……ッ！」

そこには、夏凪が気を失ったように床に倒れ込んでいた。

「渚さん！　渚さん……！」

斎川が夏凪の名を呼び、身体を大きく揺すろうとする。

俺はそれを手で制し、まずは夏凪の呼吸を確かめる。口元に手を当てて……大丈夫だ、息はある。そして、そうしているうちに――

「……君、塚？　唯、ちゃん？」

夏凪が薄く目を開け、俺と斎川をその視界で認識する。

「大丈夫か!?」

「渚さん……っ」

そして身を屈めた俺たちに向かって、夏凪は、

「逃げ、て……」

掠れる声でそう言った。

そして次の瞬間、背後に凄絶な殺気が迫るのを感じた。

「……ッ！」

俺は腰から銃を引き抜きつつ振り返り、数メートル向こうのそいつに向かって銃口を向ける。そしてその人物もまた同様に、俺に向けて細長い剣を構えていた。

「なん、で……？」

そう呟いたのは斎川だ。

俺が銃を向けたその相手の顔を見て、思わず声を震わせる。

……ああ、気持ちは分かるさ。俺だってこうして互いに得物を突きつけ合っている今も、これは夢か幻なのではないかと自分の頭を疑ってるぐらいだ。

だが、それと同時にこいつがこんなジョークを仕掛けるやつではないということも、俺はよく知っていた。

だからせめて俺は、いつもと同じような軽口で、そいつに言った。

「おいおい、いつもと随分雰囲気が違うな――シャーロット・有坂・アンダーソン」

流れるようなブロンド、エメラルド色の瞳。その姿を見紛うはずもない。ほんの一日前まで仲良しこよし、一つ屋根の下で暮らしていたのだ。そんな少女が今、まるで俺たちを狩るべき獲物のように冷徹に見下している。

「逃げろ」

俺は夏凪と斎川が背後にくるように庇いながら、そう促す。

だが負傷した夏凪はもちろん、斎川も驚きのあまり、その場を動けない。

「無駄よ」

しかしシャルは、やはり冷酷な顔つきのままこう言った。

「たとえ地の果てまで追ってでもワタシは──サイカワユイを殺す」

夏凪でも、俺でもなく。たった今しがた大きなしがらみをひとつ乗り越えたばかりの斎川を、殲滅すべき対象だと、そう宣言した。

「どう、して？」

斎川はショックというよりも、心から困惑した様子でシャルに訊く。

「昨日だってずっと一緒にて、お喋りも沢山したのに……」

「命令だからよ」

シャルはそう短く言う。

「ついさっき、そういう命令が下った。だからそうするだけ。ほかに理由なんてないわ」

斎川を殺す命令？　一体誰がそんなものを出す。

《SPES》か？　いや、それはない。

さっきコウモリが言っていたことだ。《SPES》は……シードはあくまで斎川を、乗り移るための器として利用しようとしている。ゆえに殺すことはできないはずなのだ。

「時間よ」

シャルはそれ以上語ることなく、手にしたサーベルを構える。

「邪魔をするなら今ここでアナタも殺す。時間稼ぎなんて、させないから」

次の瞬間、シャルが消えた。

いや、消えたように見えるほど疾く、俺への間合いを詰める。

これがシャルの本気。

いや、そんなもの出さずとも昔から俺がこいつに戦闘の腕で敵うことはなかった。

一対一の勝負に持ち込まれた時点で、俺はもう——


「やはりあの時、血を吸ってやっていて正解だったな」


ついさっきも聞いた、その人を食ったような喋り方。

俺とシャルの間に割って入るのは一人の男——金色の瞳を輝かせた吸血鬼が、赤い血を舞わせながら君臨する。

「……！　スカーレット、お前！」

だがその赤い血とは奴自身のものだ——鮮血と共にスカーレットの右腕が舞っている。

シャルの剣戟が奴の腕を切断したのだ。

「ほお、オレの腕を切り落とすとは」

しかしスカーレットは、突然の乱入者に驚くシャルとは対照的に顔色一つ変えない。

「褒めて遣わす。なかなかやるな……人間にしては」

スカーレットは宙に舞った自らの右腕を口で咥えると、驚くシャルに向かってハイキックを繰り出した。

「……ッ！」

だがそれはただの蹴りではない、化け物による一撃だ。鈍い音と共にシャルは後方へ吹き飛ばされる。

「っ、誰、よ……」

倒れ込んだシャルは苦悶の表情で、遠くからスカーレットを見上げる。

「どうやらオレの存在はイレギュラーだったみたいだな」

スカーレットは咥えていた右腕を、出血が続く右肩に押し付けた。すると縫合をしたわけでもなく、あっという間に右腕は肩に繋がってしまった。

「スカーレット、なぜお前がここに？」

いつかまた会うだろうということを匂わせてはいたが、まさかほんの数十分後だとは思わなかった。

「なに、ちょっと忘れ物をしていてな」

スカーレットは俺に近づくと、ジャケットの胸ポケットの中になにかを入れた。

「あの哺乳類から受け取る予定だった対価だ。契約が破棄された以上あやつに返そうと思ったのだがな、代わりに貴様へ渡すよう言われた」

「コウモリが？」

小さく硬い感触がするが、これは一体。

「太陽の下でも歩けるようになる石——と聞いておったが、真実は分からん。吸血鬼にとっては実に魅力的な話だったが」

吸血鬼は夜にしか生きられない生き物。コウモリは、死者を生き返らせてもらう対価として、スカーレットにとってそんな有益なものを用意しようとしていたのか。

「というわけで人間、オレの用事はこれで終わりだ」

そうしてスカーレットは「手間をかけさせたな」と言って、場を荒らすだけ荒らして立ち去ろうとする。俺はそんな奴(やつ)に対して、

「なあ、吸血鬼。その二人を連れて逃げてくれないか」

夏凪(なつなぎ)と斎川(さいかわ)の身の安全を頼んだ。

「それは、正式な契約か？　で、あるならば——」

「対価は、俺の血だ」

スカーレットに先んじて俺はそう言った。

そしてその血ならもう、出遭ったときに吸わせてある。仮にも命の恩人の頼みなら聞き

入れてくれるだろう。

「……なるほどな。だが」

スカーレットは目を細めると、

「あのブロンドの娘を、オレが倒すという契約でなくてよいのか？」

スカーレットは、ふらふらと立ち上がるシャルを見つめながら俺に訊く。

「ああ、構わない。俺の不味い血じゃ、そこまでの願いは頼みづらいからな」

「ははっ。愉快な男よ」

それに、あいつは俺が一発ぶん殴らないとダメだからな。

「だからここは俺が引き受ける」

俺は、いつまで経っても仲の悪い、腐れ縁の少女を見つめながら言った。

するとスカーレットは身を翻し、

「よかろう。貴様の願いは聞き入れた」

背中を向けたまま、俺の依頼を受け入れる。

「今度また、新たな対価を持って会いに来るとよい——君塚君彦」

スカーレットは黒い翼を展開し、そのまま夏凪と斎川を両脇に抱え込むと、部屋を飛び出していく。

「君、塚……っ」

「君塚さん……っ、必ず、また！」

夏凪と斎川が泣きそうな表情で俺を見つめる。

やれ、そんな顔されたらまるで俺がお前らに好かれてるみたいだろ。勘弁してくれ。

「さて、と」

すぐに三人の姿は見えなくなり、部屋には俺とシャルの二人だけが残される。

あれだけ格好つけた以上、今さら逃げることは許されない。

「覚悟はいいか？」

俺は、再び剣を拾ったシャルを見つめる。

「……それは、ワタシの台詞よ」

「そうだったか？　まあ、どっちでもいいさ」

それじゃあ、始めよう。

空白の一年間、溜めに溜め込んできた分の喧嘩を、今ここで。

【5 years ago Charlotte】

「……う、うう」

とある古びた廃倉庫の中。

その壁を背にしてうずくまりながら、ワタシは泣いていた。

「ワタシ、もう殺されるんだ……」

任務の失敗、それがエージェントにとってなにを意味するか。ターゲットを殺し損ねてしまったワタシの命は、もう風前の灯火だった。

「なんで、なんでこんなことに……」

それもこれも、全部——

「ほら、いい加減に泣き止みなよ」

隣でのんきにハンカチを差し出してきた、この白髪の少女のせいだ。

「っ、アナタさえいなければ！」

そう、彼女こそがワタシが殺すはずだった標的。

コードネーム——シエスタ。

組織に入隊して初の実戦、たしかに心臓が張り裂けるほどに緊張はしていた。

それでもこの廃倉庫まで追い詰め、そしてワタシが撃った銃弾はターゲットの左胸を捉えた……はずだった。だけどなぜか彼女は無傷で、気付くと反対にワタシが組み伏せられていたのだ。そして、それから彼女はワタシにとある提案を持ちかけてきて、今に至っていた。

「泣くのも怒るのもいいけど、顔ぐしょぐしょになってるよ。これで洟、ちーんてしな」

……人の気も知らないで。ワタシは苛立ちながら、差し出された白いハンカチをぶん取り、思いっ切り洟をかんでやる。

「敵に情けをかけられるなんて、屈辱……」

「ふふ、まあ今回は相手が悪かったね」

そう言って敵は、ワタシの隣で優雅に微笑む。……本当に腹が立つ子だ。

「……っ、いいわよ、もう。あとは好きに焼くなり煮るなりすればいいじゃないっ」

どうせミッションに失敗したワタシは、組織に消される運命に違いない。だったら、もうこの場で殺された方が……。

「……嫌だあ」

まだワタシは十二歳なのだ。やり残したことは沢山ある。お洒落もしたいし、美味しいものも食べたい。この仕事をしている以上、もしもの時の覚悟はもちろんしていたけれど、でもやっぱり、死にたくなんかない。

「だからさっき言ったでしょ」

しかし白髪の少女は、膝を抱え込むワタシに向かって、

「私はここで死んだことにする。そうすれば君は組織に殺されない」

さっきも持ちかけてきた提案を再度口にした。

「……そんなことして、アナタになんのメリットがあるのよ」

敵にそんな塩を送られるなんて屈辱以外の何物でもなくて……だけど彼女の話に乗ればもしかしたら命が助かるかもしれない。そんな自己矛盾のなかでワタシは迷っていた。

「どうして君はこんな仕事をしてるの？」

すると敵の少女は思いがけずそんなことを訊いてきた。

「……両親の影響よ」

だけどいまだ答えが見出せていないワタシも、今はその会話に乗ることにする。

「ワタシの両親も昔からずっと、軍人でありスパイだった。今はもう会うことも少ないけど……でもいつだって尊敬してる。表に顔と名前が出ることはないし、人道にもとる行為をしていると彼らを唾棄する人もいる。だけど二人は、裏側からこの世界を守ってるの。だからワタシは両親を……そしてこの仕事に、誇りを持っている」

それがワタシの本音で、生きる理由。

ワタシはワタシの思う哲学で、この世界を守るんだ。

「そっか、私と一緒だね」

するとターゲットだった少女は前を向いたままそう言う。

そういえばワタシは、彼女のことをよく知らない。標的の情報を徹底的に調べるスパイや暗殺者は多い。いや、ほとんどがそうだろう。でも今回、ワタシはそうはしなかった。

感情移入をすることで、拳銃の引き金を引くことを躊躇いたくなかったから。

「私も、ある目的のためにこの仕事をしてる。だから今、君に殺されるわけにはいかないんだ」

「……そう」

「でも、君も同じなら、今ここで死んではいけない」

「……だから助けてくれるって？」

そんなのあまりにお人好しがすぎる。

自分を殺そうとした相手に、救いの手を差し伸べるだなんて。

「そう。だからその後は、君も私を助けてほしい」

「え？」

「交換条件だよ。私は今回、君の命を助ける。その代わり、これから私がする仕事をたまにでいいから手伝ってほしいんだ」

彼女は「どうかな？」と微笑を浮かべ、ワタシの顔を覗き込んでくる。

「……ずるい」

直感的に分かる。別に彼女は、ワタシの手助けなんて本当は必要としていない。ただワタシが気兼ねなく彼女の厚意を受け取れるように、あえて交換条件というていを取っているに過ぎない。

結局ワタシは、徹底的に完敗だったというわけだ。

「……っ」

そう思ったら、堪(こら)えていたはずの涙が再び溢(あふ)れてきた。

「まったく、仕方ないな」

するとそんなワタシを見かねたように、

「もう二度と同じような失敗をしないように、君にアドバイスをしておこう」

少女はもぞもぞと自らの服の中に手を差し込み、なにかを取り出した。

「綺麗(きれい)……」

それは青い宝石があしらわれたペンダント。

倉庫に差し込んだ光が当たると、傷ひとつなく輝いていることが分かる。

「これはたとえ、砲弾を浴びようとも砕けない石でね。実はこれを左胸の……下着の中に仕込んでいたんだ」

そして「こういうのを作るのが得意な知り合いがいてね」とさらっと言ってのける。

「射撃の腕がいいと聞いていたから、君はまちがいなく的確に左胸を撃ち抜いてくれると

思った」

「じゃあ、最初から分かってて……」

ワタシは驚きを超えて、呆れたように呟く。すると彼女は、

「一流の探偵っていうのは、事件が起きる前に事件を解決しておくものだから」

そう言って、見る者すべてを虜にするような微笑みをワタシに向けたのだった。

「……敵わないな」

きっとその瞬間だった。ワタシはこの人を師と仰ぎたいって。ワタシはこの人のためになんでもしようって、そう思った。——だから。

「ワタシはまず何をすればいいの？　——マーム」

その日から。

彼女の願いは、そのままワタシの願いになったんだ。

【第三章】

◆昨日の友は今日の敵

シャーロット・有坂・アンダーソンとの不仲は、今に始まったことではなかった。

出会いは今から三年以上前。シエスタの助手を半年ほど務め、ようやく非日常の生活にも慣れてきた……否、慣れてきてしまった頃の話だった。

『明日、君に会わせたい人がいる』

シエスタにそう言われて「まさかシエスタの男か」と疑心暗鬼になり、その日は不安を抱えて布団に入った。……いや、不安ではない。なんとなく虫の居所が悪かっただけだ。

そんなこんなで翌日、シエスタに引き合わせられたのが、シャーロット・有坂・アンダーソンという同い年の少女だった。彼女と初めて交わした会話は今でもよく覚えている。

『誰だ、この目の下が隈だらけの女は』

『誰よ、この目の下が隈だらけの男は』

会話というか罵倒だった。そしてなぜかお互い寝不足だった。その日はシエスタのとある仕事を手伝うのに俺だけでは人手が足りずに、シャーロットを呼んだとのことだったが……彼女の嫌がり方は尋常ではなかった。

あることをきっかけにシエスタに師事するようになったシャーロットは、ずっと自分が一番弟子だと思っていたらしい。だがそこに助手というポジションの俺が現れたことで、相当ショックを受けたのだろう。

そして肝心のその日の仕事だが、予想通りと言うべきか、俺とシャルは見事に大失敗を果たした。シエスタから出された指示は、とあるターゲットを俺とシャルの二人で協力して捕らえること。だが、ファーストコンタクトが最悪だった俺たちに連携など上手くいくはずもなく。

『シャーロット！　さっきから俺の足を踏んでることに気付かないのか！』

『あら、ごめんなさい。顔と間違えて』

『なおさら踏むな！』

そうして俺たちは喧嘩をし続け、また自分が手柄を立てることを優先するあまりコンビネーションを疎かにし、まんまと標的に逃げられたのだった。

それからもシエスタの都合で俺たちは度々顔を合わせ、やはりその都度、喧嘩を繰り広げていた。そしてそんな腐れ縁はシエスタの死によって一度は切れ……しかし、また繋がった。いや、もしかすると最初から切れてすらいなかったのかもしれない。

なぜなら――

「キミヅカ、絶対アナタ結婚できないから。無理だから」

出会いから三年が経った今でも、こうしてシャーロットは俺に文句を吐き続けている。

「やれ、理不尽だな」

スカーレットに頼んで夏凪と斎川を逃がしてから数十分後、俺はなぜかシャルからそんな罵倒を受けていた。そして激しい喧嘩を終えた俺たちは、今は半壊したリビングにて、隣同士で大の字に寝転んでいる。

「だって普通か弱い女の子のこと、殴れる？　このご時世に」

なるほど、最後に俺が意地で振り回した一発がバッティングしたことに腹を立てているらしい。だが、それを言うなら――

「俺の方がはるかに重傷だからな」

シャルの隣で朽ち果てている俺は、切った口の中の痛みに耐えながら言い返す。

相手はスカーレットの一撃を貰い負傷していたとは言え、俺がシャルとまともに戦って勝てるはずもない。こうして生きているだけでも奇跡だった。

「はあ、なんか力入らない。身体起こすの手伝って」

するとさっきまでの殺気が嘘だったように、シャルは気の抜けた声を出しながら、両腕を天井に向かってだらりと伸ばす。

「お前はシエスタか」

「……マームとアナタがこういうことをやってたっていう情報は知りたくなかったわね」

「……仕方なくだ、仕方なく」

そうでもしないと、いつまでも布団から出てこなかったのだ、あの昼寝好きの探偵は。

「はあ、まあいいわ」

シャルはそう言って起き上がると、

「ほら」

すでに満身創痍の俺に向かって手を差し出した。

「毒が塗ってあるとか？」

「どれだけ信用ないのよ」

シャルはそう笑い飛ばそうとして、

「……まあ、そうよね」

自嘲するように、静かにその手を引っ込めた。

俺は痛む身体に鞭を打ちながら自力で起き上がり、シャルと正面から向かい合う。

「だけどシャル。別にお前は、俺を殺す気はなかった……そうだろ？」

それに対してシャルはなにも答えない。

だがシャルはさっきの混乱のなかで自分自身で言っていた――斎川唯を殺すことが目的なのだと。俺や夏凪はその場に居合わせたついでに過ぎない。

それに、そのあとの喧嘩だってシャルが本気を出していたとは思えない。だが反対に言えば、それはまだ、彼女に対話の余地があるという証左に他ならなかった。

「アナタのことだって、これ以上邪魔するなら容赦はしないから」

するとシャルは、視線を外しながら俺の質問にそう答えた。

「シャーロット、お前はどうして斎川の命を狙う？　仲間じゃなかったのか？」

斎川とシャルがはじめて関わりを持ったのは十日ほど前のクルージングツアーの時。たしかにまだ出会ってからの日は浅いものの、この数日間、俺たちは一つ屋根の下で一緒に暮らしてきた。シャルだって斎川のことを憎からず思っていたはずだ。それが、どうして。

「仲間？　誰がよ」

しかしシャルは乾いた笑いで俺の問いを両断する。

「そんなもの、ただの一度も作ったことなんてない」

そう語るシャルの顔には、ほんの少しの戸惑いも虚勢も感じられない。

彼女は本気でそう思って、そうやって生きてきたのだ。

「ワタシは組織の中で、与えられた使命によってのみ行動する。それが仕事で、それだけがワタシの生き方。そこに仲間だなんて、あやふやな概念が存在する余地はない」

シャーロット・有坂(ありさか)・アンダーソン——幼い頃から軍事的な英才教育を受け、様々な組織をひとりで渡り歩いてきた孤独なエージェント。組織の命令こそが彼女のすべてで、それに逆らうという考え方は、彼女には存在しえない。

「その組織の命令っていうのが、斎川の暗殺だったということか」

俺の問いに、シャルは無言で肯定の意を示す。

斎川の暗殺。そう聞いて真っ先に思い浮かぶのは《SPES》の存在だ。前回のサファイアの件もあり、どうしても条件反射でその発想に至りそうになる。だけど――

「シャル、お前と《SPES》が繋がってた、という話ではないんだよな?」

それはさっき、コウモリが語っていたことだ。《SPES》の……いやシードの目的は、斎川の肉体を器として使うことであり、その命を奪うことではない。

しかし今、なんらかの組織からシャルに下っているという命令は斎川の暗殺だという。どう考えてもこの二つの理屈は噛み合わない。

「……ええ、そうよ。別にワタシがアナタたちを裏切って《SPES》の側についたというわけではない」

むしろ逆よ、とシャルは言う。

「ワタシも、ワタシにこの命令を出した人間も、アナタたちと同じく《SPES》を殲滅することを目的としている」

「だったら――」

「ただ違うのは、それを達成するための覚悟だけ」

そう語るシャルの瞳は冷たく、一切の妥協も甘えも許さない。

「アナタももう理解してるんでしょう？　シードは今、別の器に身体を乗り換えなければならない状態に陥っている。であれば、その器が破壊されたらシードはどうなると思う？」

「……！　乗り換えるべき対象がいなくなれば、シードは」

──死ぬ。

シード本体を相手にせずとも、その器さえ壊してしまえば。

斎川唯さえ死ねば、シードもいずれ命を落とす。

「……シードを倒すために、斎川を犠牲にしろと？」

「言ったでしょう。ワタシたちとアナタでは覚悟が違うって」

「誰だ」

俺は思わず立ち上がって言う。

「せめてそれぐらいは言ってもらう。なあ、シャル。お前が上からの命令に絶対に従うエージェントだというなら、聞かせてくれ。そんなふざけた作戦を思いついた、お前の上司は誰だ？」

「アタシだ」

俺の激昂を一瞬で沈めるような、抑揚のない冷たい声が部屋に響く。

その声がした入り口の方を振り返ると、そこには、

「アタシがそいつに、斎川唯抹殺の命を下した」

煙草の煙がいつまでも似合う、赤髪の女刑事が立っていた。

◆最初から敵は、そこにいた

「風靡さん？」

思ってもみなかった人物の登場に一瞬思考が固まる。

その間に彼女は煙草の火を足で踏み消し、ツカツカとこちらへ向かって歩いてきた。

一体今、なにが起きているのか。俺はそう彼女に尋ねようとして——

「シャーロット、お前なにをサボってる」

その前に、風靡さんがシャルを殴り飛ばした。

シャルは激しく転倒し、悲痛なうめき声を漏らしながらその場に蹲る。

「……ッ！　あんた、なにやって！」

しかし風靡さんは俺を無視して、倒れ込んでいるシャルにさらに詰め寄ると、彼女のブロンドの髪を無理矢理引っ張り上げる。

「なあ、シャーロット。もう一度訊くぞ。お前、なにをやっている？」

「申し訳、ありま、せん……」

「は？　アタシはお前に、なにをやってるかと訊いているんだ。アタシはお前に言ったよな——ここで斎川唯を仕留めろと」

そう言って風靡さんは、さらに強くシャルの髪を引っ張る。

「……ッ！　あんたが何やってんだ！」

俺は見かねて二人の間に割って入る。

「君塚、こいつはお前が庇うべき相手か？」

……ああ、たしかに今は、仲間の命を狙う敵になったのかもしれない。だけど。

「風靡さん、あんたが殴っていい相手でもない」

「……ふん、言うようになったな」

すると彼女は、俺の言葉に納得したわけではないだろうが、俺とシャルから距離を取った。

「大丈夫か」

俺は、腫れた頬を押さえているシャルに声を掛ける。口の中も切っているようで、唇の端から血が出ていた。

「……アナタに心配される謂われはないわ」

「その憎まれ口が出るなら大丈夫だな」

であれば、俺が今向き合う人物はただ一人。

「加瀬(かせ)風靡——あんた一体、何者だ？」

あのシャルを従え、さらに斎川の殺害を陰で指示していたこの人物の正体は、一体。

そんな俺の当然の疑問に対して、彼女は、

「《暗殺者》だ」


隠す気もなくそう一言で告げる。

「……あんたも《調律者》の一人だったってわけか」

「ああ、お前ももう、その言葉を知ってたか」

「今の今まで、優しい女のお巡(まわ)りさんだと信じてきたんだけどな」

「はっ、一介の女刑事がこの年で警部補になれるわけがないだろ」

風靡はまた煙草(たばこ)に火をつけ、煙を大きく吐き出す。

「警察官ってのは仮の姿だ。アタシの《調律者》としての役職は《暗殺者》——身を隠し、世を欺き、敵を殺す。それがアタシの仕事だ」

「……その敵とやらが、今回は斎川だったと？」

「違う」

しかし風靡は目を細めながらそれを否定すると、

「あくまでアタシの標的は《SPES》だ」

……それはシャルも言っていた通りのことだ。

「じゃあ、シードを倒すための手段として、斎川を殺すと？」

シード復活の器となり得る斎川を殺すことで、間接的にシードの息の根を止めることができると、そう考えて。

「そういうことだ。シードがわざわざスカーレットに接触を図り、なおかつそのスカーレット自身やコウモリまできな臭い動きを始めた以上、タイムリミットはもう過ぎたと考えるべきだろう。ゆえにその女を潜り込ませていたんだが……まさかここまで役立たずだったとは」

すると風靡は、冷酷な顔でシャルを見下ろす。

「…………」

シャルは顔を逸らしたまま、己の不手際を悔いるように唇を噛んでいる。

「アタシがあのロボットに手こずっていなければ、もっと早くに命令も出せていたんだがな……ったく、予定が狂った」

そうか、《シエスタ》は昨日から風靡の元へ行っていたのか。対処すべきはコウモリではなく風靡だと、いち早く気付いていたから。そうして丸一日以上にわたって風靡と戦い、今まで足止めをしてくれていたのだ。

「それで、シャーロット。あいつらは今どこにいる？」

それぐらいは分かるだろうな、とドスの利いた声でシャルに問いただす。

「……空港に向かってるみたいです」

すると、シャルも身体(からだ)をふらつかせながらも、テーブルに掴(つか)まって立ち上がる。

斎川に発信器をつけられてたか……。一つ屋根の下にいたのだ、タイミングはいくらでもあったか。

「なるほど、あのお嬢様のことだからな、プライベートジェットでも使うつもりか？　まあいい、すぐに空港を閉鎖させる。いくぞ」

そうして風靡は翻り、シャルを連れてここを出て行こうとする。

「俺がこのまま行かせると思うか」

であれば、甚だ心外だ。

俺はその答えを待たず、その背に銃を向ける。

――しかし。

「公務執行妨害だ」

その声を聞いた次の瞬間には、俺はその身を床に投げ出していた。

息が大きく詰まる。

一瞬撃たれたのかとも思ったが、発砲音はなく、血も流れていない。

ただ一発。たった一発、顎を殴られただけだった。

だが身体(からだ)は動かず、徐々に視界が狭くなっていく。

そして、そんな俺を無視して二人は家を出て行く。

「……まずは銃刀法違反の方だろ」

そんなどうでもいい突っ込みだけを残し、やがて俺の意識は遠ざかっていった。


それから、どれぐらい気を失っていただろうか。

ふと、懐かしい匂いがした気がした。

俺はそれに導かれるようにゆっくりと目を開ける。

そこには誰かが立っていて、俺に向かって手を差し伸べている。

「……シエ、スタ？」

そして俺は思わず、そんな呼び慣れた四文字の単語を口に出してしまう。

するとその人物は「はあ」と大きくため息をつき、やがて機械とは思えないようなジト目を作りながら、倒れ込んだ俺に向かってこう言った。

「――バカなのですか、君彦は」

◆君が助手になってくれるのなら

「情けない有様ですね」

《シエスタ》が俺を起き上がらせながら、呆れたように言う。

「しかもこんなに私の家を荒らして。あとできっちり修繕費は請求させてもらいます」

「……やれ、理不尽だ」

これだけ立て続けに敵の襲来があったんだ。むしろよく守り抜いたと褒めてほしいぐらいである。

「というかお前こそ、ひどい格好だぞ」

ここに来る前に風靡と一戦交えてきた結果だろう。服は所々破れ、見えた肌にはいくつもの傷がついている。

「負けたわけではありません。一時的、戦略的撤退をしただけです」

「本家シエスタ並にプライドが高い」

「メイド服が破れてるのも、仕方なく君彦の好みに合わせただけです」

「そして俺を変態に仕立て上げるところまで受け継がんでいい」

やれ、このアンドロイドは。相変わらず見た目どころか、性格や俺の扱い方まで本家そっくりだ。せっかく夏凪と斎川が過去にけりをつけ、俺だって色んなものから卒業しようとしてるってところで……まったく、勘弁してくれ。

「なあ、俺はどうしたらいい」

……だからついこうやって助けを求めてしまうのも仕方がない。俺は悪くない。社会が悪い。シエスタが悪い。

「お前も分かってると思うが、割と状況は詰んでてな」

予期していなかったシャルの裏切り。このままでは間違いなく斎川は殺され、あるいはそれを防ごうとする夏凪も手に掛けられるかもしれない。俺が本気を出したシャルに勝つことはまず不可能で、しかもその上には《調律者》である風靡がいる。

それに斎川を守るという選択肢を取るということは、間接的にシードの復活を手助けすることにも繋がりかねない。それは最早、世界に対する反逆行為だ。

「情けないですね」

すると《シエスタ》はそうやって悩む俺を見かねたように、再びため息をつく。

「君彦の場合、その体質上、元より世界中が敵みたいなものでしょう」

「業が深すぎる……俺は前世で一体どんな大罪を犯したんだ」

というか俺だって、好きで世界を敵に回してるわけじゃないんだからな。

——それに。

「仮にそうだとしても、シエスタはいた」

たとえ世界を敵に回そうとも、彼女だけは隣にいた。

バカか君は、と呆れながらも手を取って一緒に戦ってくれた。

シエスタがいる限り、俺はひとりじゃなかった。

「シエスタさえいてくれれば、俺はよかった」

そんな昔のことを思い出し、思わずそう呟いた。

「……君彦、それ無自覚でやってます？」

と、なぜかジト目の《シエスタ》に見つめられていることに気づく。

「ん？　なんのことだ」

そう尋ねるが《シエスタ》は、

「……そのしゅんとした顔とかギャップに、母性本能をくすぐられていたんでしょうか」

微妙に俺に聞こえない声量でなにかを呟く。

まあこういう時は大抵悪口を言われているので、気づかないフリをするのが賢明である。

……いやな賢明さ過ぎるな。

「それで、どうするんですか。君彦は」

それから《シエスタ》が俺に向き直り、改めてそんなことを尋ねてくる。

「身内の裏切り。仲間の危機。強大すぎる敵の数々。そして最後には、世界をも敵に回すかもしれない——そんな状況に置かれて、君彦はどうしますか？」

《シエスタ》の青い瞳がまっすぐに俺を見つめる。

到底作り物とは思えない、あの日のままのまなざしで、彼女は俺に選択権を委ねる。

仲間を救わずに、世界を敵に回すか。

仲間を救い、世界を救うか。

どう考えても、俺が決めるには荷が重すぎる。

これまで十八年間、ずっと巻き込まれて生きてきたんだ。

どうしてそれが急に世界の命運を握らされることになった。


『巻き込まれるんじゃない。キミが巻き込むんだよ』


……まったく、これじゃいつかヘルが言ってた通りだ。

でも、だったら。

俺が今取るべき行動は一つ。

言うべき台詞はたった一つだ。

これから俺が本当に世界を巻き込む中心人物の一人になるというのなら、まず最初に巻き込むべき存在が一人いる。

本物じゃなくてもいい。

今だけでもいい——それでも。


「シエスタ——俺の助手になってくれ」


今自分がどんな顔をしているかは分からない。

ただ、きっとぎこちない笑みを浮かべて、俺は左手を差し出した。

「かしこまりました。ではこちらへ」

と、シエスタは承諾の意を示しながらも俺の手を取ることはなく、スタスタと家の中をどこかへ歩いて行く。

「……なあ、《シエスタ》。今、結構決め台詞感を出してたと思うんだが？」

スルーされるとだいぶ恥ずかしいぞ、おい。

「ここまで時間を使い過ぎましたからね。早くしないと二人に追いつけません」

「正論を言われると返す言葉もないな」

「あと、君彦がエモさを狙うとなんか無性に腹が立つので」

「狙ってねえわ。このタイミングで最低な悪口が来たな」

文句を垂れつつ、俺は《シエスタ》について廊下を歩いて行く——と、そこには。

「壁……?」

一見すると行き止まりのように見えるが。

「ひらけごま」

と、この時代にあるまじき古くさい呪文を《シエスタ》が唱えると、壁が音を立てて横へスライドしていき、さらに下へ続く階段が現れた。

「行きましょう」

すると《シエスタ》は俺を先導するように階段を降りる。

「もう少しまともな呪文はなかったのか?」

「呪文の言葉自体はなんでもいいんですよ。私の声の波形を自動認識して開く仕掛けなので」

なるほど、さすがは《シエスタ》の隠れ家というわけか。

「ですからたとえば『君彦の初恋の相手はシエスタ』と叫んでもちゃんと開きます」

「パスワードを忘れたときの秘密の質問みたいなノリでデマを叫ぶな」

「着きました」

階段を降り終えたその先に広がっていたのは、格納庫のような場所。その中には、どこか見覚えのある彩色をした大型バイクがあった。

「シ、リ、ウ、ス、verβです」

するとクシエスタ》は早速その白い車体に跨がりながら言う。

「人型戦闘兵器《シリウス》、その車両モードがこれです」

「ロンドンの時に乗ったあれか……」

そういえばあの時シエスタは、イギリス政府に掛け合って、あれを借りたと言っていたが……今思うと彼女が《調律者》であり、軍と正式な交渉ができたからこそ可能な業だったのだろう。

「でも今さらこれで追いつけるのか？」

「地下道を通ってショートカットします」

どこまで続いてるんだ、これ……まさかロンドンの地下道までいくんじゃないだろうな。

そう尋ねようと思い、バイクから《シエスタ》に視線を移すと、

「……いつの間に着替えた？」

ボロボロだったメイド服から、かつて名探偵が着ていた軍服を模したワンピースに様変わりしていた。

「早着替えは探偵の必須技能ですから」

「それはどちらかと言うとアイドルだ」

そして男の前で当たり前に着替えるな……まったく。

「さあ、そろそろ行きますよ。しっかり掴まってください」

「へいへい」

《シエスタ》に促されバイクに跨がり、俺は後ろから彼女の腰を抱く。

白銀色の髪の毛にグレーのワンピース。

それはあの三年間、ずっと俺が見てきた後ろ姿だった。

「人の腰に掴まりながら感傷に浸るのはやめてください」

「はあ。お前の身体、温かいな」

「過去最高に気持ち悪いです。というか君彦あなた、結構セクハラを躊躇わないですよね」

「むしろ俺が普段からセクハラを受けまくってるからな。たまにはいいだろ」

「たまにもいいわけないでしょう……まったく」

そう言って《シエスタ》が、ふっと笑った。

「……なあ、《シエスタ》。お前、もしかして」

「さて、それじゃあ弟子へのお仕置きをしに行きますよ」

しかしそれも一瞬のこと。《シエスタ》は真顔に戻ると、

「──シリウス号、発進」

そう言い放ち、アクセルを吹かせたのだった。

「微妙にダサかったな、今の」

「振り落としますよ」

◆探偵はずっと、そこにいる。

それから十数分後。

「私の計算によると、約六分二十秒後に対象に追いつく予定です」

地下道を抜けた先、海沿いの道路を走行中に《シエスタ》が背中越しに呟いた。車線には、俺たち以外は人も車も見られない。

「追いついた先には《暗殺者》とエージェントか……」

無論、それが分かってバイクを走らせているわけだが、待ち受けている敵の強大さを思うと嫌でも身体に力が入る。

特に風靡は《調律者》──ということは、あのシエスタやスカーレットと同格の強さを誇るということだ。

「そう肩肘張る必要はありませんよ」

すると《シエスタ》はハンドルを握ったまま語る。

「君彦はただ、シャーロットの隣で戦ってくれればそれでいいです」

「？　シャーロットと戦うんだろ？」

「まあ、それもそうなんですが」

《シエスタ》は微妙に言葉を濁す。どうやらこのロボットもかつての名探偵と同様に、肝心そうなことはハッキリ伝えてくれないらしい。

「そういえば、いつものあれはどうした？」

俺は《シエスタ》の腰に掴まりながら、彼女の背中に本来あるはずのものがないことに気付く。

「ああ、あれですか。この前知り合いにあげました」

「ノリが軽すぎる……シエスタの形見をなんだと思ってる」

「物欲しそうに見てる子がいたので、まあいいかなと」

「マスケット銃を物欲しそうに見つめるお前の知人も大概ヤバい」

どこのどいつかは知らんが、少なくとも俺の知り合いには欲しくないな。

「けど武器もなしに、あの二人に勝てる算段はあるのか？」

俺はハンドルを握った《シエスタ》に背中越しに話しかける。

「え、特にはありませんけど」

「ないのかよ」

ずっと強気だったし、てっきりなにか作戦があるのだとばかり思っていたが……。

「ただ」

「ただ？」

「君彦には、なにか考えがあるのでしょう？」

《シエスタ》は前を向いたままそんなことを言った。

「まあ、な」

だがそれは作戦と呼ぶにはあまりに拙い、悪あがきのような策だった。だから——

「教えては、くれなそうですね」

俺はその策を《シエスタ》には伝えない。

それに、なんとなく。

彼女に今それを話すと、止められてしまうような気がした。

それからしばらくして。

「君彦、あれ」

眼下に海が見える崖際の道路。その車線の先に、一台のバイクが走っているのが視界に入った。《シエスタ》がさらにアクセルを吹かして近づいていくと、見慣れた赤髪とブロンドが目に留まる。

「キミヅカ……」

そして後部座席に乗っていたシャルが、斜め後ろから近づく俺たちに気づいた。

「……どうして追いかけてくるのよ」

夜風に金色の髪を流しながら、薄く目を細める。

「実はまたお前に会いたくなってな」

「一年経っても免許取ってないくせにキザな台詞言わないでもらえる？」

「《シエスタ》、前のバイクにぶつけていいぞ」

「私もどうして男の君彦が運転してくれないんだろうとは思ってました」

「男女差別反対だ」

そんな時でもないだろうに相変わらずの軽口を交わしながら、二台のバイクが横に並ぶ。

「なんだ、まだそのロボットは壊れてなかったか」

すると風靡も一瞬首を後ろに傾け、俺たちを嘲笑う。

「ええ、死んだふりは得意ですので」

すると《シエスタ》も本家直伝のジョークで言い返す。

「はっ、こうなったらカーチェイスとでもいくか」

爆音を鳴らし、大きくアクセルを吹かせる風靡。それに合わせ《シエスタ》も負けじとスピードを上げる。

……が、しかし。俺たちのバイクが、崖際に立つ白い灯台の前を差し掛かった頃。

「やれ」

風靡が指示を出すと、銃を構えたシャルが後ろを向き、俺たち目掛けて発砲してきた。

「……っ」

《シエスタ》が車体を傾け、俺もそれに合わせるようにしてなんとか避(よ)ける。

「やってくれますね」

するとどこか好戦的な呟(つぶや)きをする《シエスタ》。

――そして、

「ミサイル、発射」

バイクのグリップ付近についていたなにかのボタンを押した。

「……ッ！　シャーロット、飛び降りろ！」

「え？」

次の瞬間、俺たちが乗っていた車体から小さな誘導弾が発射され、前を走るバイクに着弾、炎上した。その爆風で俺たちのバイクまで大きく煽(あお)られ、バランスを崩し車道に投げ出される。

「やりすぎだ……！」

俺は痛む身体(からだ)に鞭(むち)打ち、ガードレールを支えにして起き上がる。

「さすがはシリウス verβ、いい火力です」

「一回やられてるからって復讐の仕方がえぐい……」

車道の向こうでは大きく火の手が上がっており、その付近に倒れた風靡が見える。

まさかこんな形で決着がついてしまったのか？

そう思い、近づこうとしたその時だった。

「君彦！」

一発の銃声。

《シエスタ》が俺を突き飛ばすようにして、恐らくはその銃弾から庇った。そして黒煙の向こうから、エージェントは攻めてくる。

「……ッ！」

風を切るように、シャルは構えたサーベルで斬り込んできた。

「私がやります。君彦は下がっていてください」

そして《シエスタ》はというと、マスケット銃の代わりに、ワンピースのどこに隠していたのかレイピアのような片手剣を取り出し、それを使って応戦する。

「シャーロット・有坂・アンダーソン。あなたは銃の扱いに非常に長けていると聞いていましたが、その戦い方でよろしいのですか？」

「……アナタ相手には、逆にこれでいいのよ」

シャルはまるで、《シエスタ》には銃が通用しないことを知っていると言わんばかりに、握った剣を振るう。

潮風の吹く灯台の下。二人は打ち合う金属音を響かせながら、常人には計り知れないスピードでの戦いを繰り広げる。

「……っ、あの吸血鬼といいアナタといい、本当にイレギュラーが多い」

戦いの中、シャルは苛つくように吐き捨てる。

「イレギュラー？　そういう考えはどうなんでしょうね」

「なに、ワタシに説教でもする気？　マームの恰好まで真似て……っ」

「いいえ。私にそんな権利はありません。……ただ、シエスタ様なら」

《シエスタ》は、自身の剣より太く大きな武器を目の前にして、

「上手くいかなかった問題の原因を、他に求めることはしなかったでしょうね」

そんな正論と共に打ち返した。

「……っ！」

《シエスタ》の剣技に、シャルは否応なしに距離を取らされる。

「……いつもアナタはそうだった」

するとシャルは唇を噛み、まるで《シエスタ》を通して他の誰かを思い出すかのように声を絞り出す。

「初めてワタシがマームのことは知ったのは五年前。当時まだ加瀬風靡の下にいなかった

ワタシに、とある組織から命じられた依頼は――彼女の暗殺だった」

それは俺も知らないシャルとシエスタの過去。

俺よりも早くシエスタと出会っていたことは聞いていたが、その詳細を二人に尋ねたことはなかった。

「ワタシは命令に従ってマームを殺そうとして……だけど上手くいかなかった。ミッションの失敗、それがエージェントにとってどういう意味を持つか分かる？」

シャルは誰にともなくそう訊く。

もし俺が答えるとするなら……作戦に失敗したエージェントは、間違いなく組織に消されるだろう。よりによって暗殺の失敗とあってはなおのことだ。

「ワタシはワタシの運命を悟った。このターゲットに返り討ちに遭うか、仮に見逃されても組織はワタシのミスを許さない。ワタシの短い命もここまでだと思った」

だけど、とシャルは俯く。

「落ち込むワタシに向かって彼女はこう言った――私は一旦ここで死んだことにするから大丈夫、って。敵のはずのワタシを守るように、マームはそう言ったの」

……ああ、シエスタの言いそうなことだ。

あいつは時に探偵業なんて関係なしに、勝手に人を守って、救ってみせる。まるで自分以外の人間、全員が依頼人だと考えているかのように。

「マームは『その代わりにたまに仕事を手伝ってほしい』と言って、契約の印にこの青いペンダントを渡してくれた」

シャルはいつも首からかけているペンダントをぎゅっと握る。

シエスタがシャルに仕事を手伝わせていたのも、それはシャルを守るためだろう。《調律者》であるシエスタの傘下にいれば、恐らく生半可な組織ではシャルに手が出せなくなる。

「マームはいつだってそうだった。ワタシのことを守ってくれた。一年前、命を落とした後もそれが事前に分かっていたかのように、ワタシはすぐに新たな《調律者》の下で働くように手配がなされていた」

「……それが加瀬風靡か」

シャルは俺の呟きを否定しない。

シエスタは死してなお、シャルをその大きな傘で守っていた。

「そして今もそれは変わってない。そんな姿に身を移しても、ちっとも変わっていない」

シャルの声がわずかに震える。

だがそれは決して涙声ではなく――

「またワタシを殺さないように、手を抜いて戦っている！」

顔を上げた彼女の顔は、怒りで満ちていた。

「なんでよ！」

再びサーベルを強く握ったシャルが疾駆し、《シエスタ》に挑んでいく。

「どうして手を抜くの！　どうして本気にならないの！　どうしてまた……まだ、ワタシを守ろうとするの！」

シャルのでたらめのように早い剣技を、《シエスタ》は涼しい顔で受け流す。

だが、必要以上の反撃は行わない。あくまでも彼女は防御に徹していた。

「一年前、ワタシはなにもできなかった。だから誓った……マームに代わって今度はワタシが《SPES(スペース)》を倒すって。あの人の下でどんな理不尽な目に遭おうとも、必ずワタシがマームの敵(かたき)を取るんだって、そう思って……」

なのに、と——強く地面を踏み込み、

「どうしてワタシは、機械でしかないアナタにすら勝てないの！」

シャルは剣を大きく横に薙(な)ぎ払(はら)う。が、しかし。

「無駄な動作が多いです。感情的になっては、本来の半分の力も出せません」

《シエスタ》は上体を反らしながらその切っ先を躱(かわ)すと、必要最低限の動きでレイピアを振るい、シャルの武器を後方に弾(はじ)き飛(と)ばした。

「……っ！　だったら！」

次の瞬間、シャルの視線が俺に向いた。

「勝つためならワタシは、なんだってする」

シャルが腰から引き抜いた銃で俺を狙う。

「君彦！」

それを見た《シエスタ》が低い姿勢で俺とシャルの間に割って入り、再びレイピアで銃を弾き飛ばす。だが――

「そう、やっぱりアナタはワタシを殺せない」

そう言ったシャルの左手には、いつの間にか二丁目の拳銃が握られていた。

「終わりよ」

「………」

膝をついた《シエスタ》の額に、シャルの構えた銃口が向けられる。

状況は最悪だ。さすがの《シエスタ》といえども、ここから戦況を覆すことはできない。

――で、あるならば。

「シャル、お前に本当に撃てるのか？」

ここまでなんの役にも立っていない俺が、そろそろ活躍してもいいタイミングだろう。

「どういう意味？　ワタシが今さら躊躇うとでも……」

「それが本物のシエスタの身体だったとしてもか？」

◆だからその遺志は、決して死なない

「本物の、マーム……？」

俺の言葉を聞いてシャルの動きが止まった。

ただ必死で思考を働かせるように、揺れる瞳でじっと《シエスタ》の顔を見つめる。

「バレていましたか」

と、そんな膠着した空気の中で最初に動いたのは《シエスタ》だった。

「君彦は、いつから気づいていましたか？」

《シエスタ》は跪いたまま、背中越しに俺に尋ねる。

だがその訊き方は、俺の言った仮説をすでに自ら認めているようだった。

「いつから、だろうな。でも、きっかけは本当になんとなくだ」

明確な理由を問われるとハッキリと答えることはできない。

それはたとえば三年ずっと隣で慣れ親しんだ香りだったり、ふいに身体に触れたときの肌の温かさ。あるいは、ふと見せたあの一億点の微笑みは機械人形には出せないだろう、だとか。つまりそれは、なんとなく絶対にこいつはシエスタだろうという、矛盾した直感だった。

「正解です」

《シエスタ》は静かにそう告げる。

やはりこの《シエスタ》は、かつて俺が三年間苦楽を共にしたあの名探偵。

だが無論、心臓に残していた意識については、今は夏凪の中に眠っている。つまりは、この外側の身体だけがシエスタ本人のものということだ。

「シエスタ様の肉体は、一年前のヘルとの最終決戦の後、冷凍保存をされていました」

《シエスタ》は俺とシャルに聞かせるようにそっと語り出す。

「それは本人の生前の意思でした。事前に交わしていた約束通りとある人物によって冷凍保存の処置がなされ、その後シエスタ様の膨大な知識や記憶をデータベースとして脳と脊髄に人工知能を搭載し、また人工的な心臓を埋め込むことによって《私》は誕生しました」

「……そういうことか」

俺はただ頷くことしかできない。

シエスタは死してなお、自分の身体をアンドロイドとして生まれ変わらせ、時機を見て俺たちに接触を図った。一年前に起きた悲劇の記憶を俺たちに伝え、そして《SPES》を殲滅する力を貸すために。

「……なんとなく、そうなのかもしれないとは思ってた」

そう口にしたのはシャルだった。

「ワタシはキミヅカほど、マームとずっと一緒にいたわけじゃない。それでもワタシだって、マームの匂いぐらい覚えてる」

そういえば、あの隠れ家での生活のなかでシャルがやたらと枕の匂いを嗅いでたことがあった。あれは、ほのかに残るシエスタの面影を感じ取っていたのか。

「――でも」

シャルが言葉を続ける。

「だから、なに。アナタの肉体がマームの身体そのものだったとして……それでもワタシの使命は変わらない。マームに代わって、ワタシが《SPES》を倒す」

シャルの銃口は、跪いたシエスタの額に向いたままだった。

けれど、怒りに満ちていたはずの瞳からは一筋の涙が流れていた。

「だって、そうでしょう？　きっとナギサにユイは殺せない。だったら、ワ、ワタシ、が、や、る、しかない。そうやってシードを倒すことで、ワタシはマームの遺志を――」

声が震えるのに合わせるように、銃口も小刻みに揺れる。

そうか。やっぱりシャル、お前はそういうやつだ。

仲間なんて要らないと言いつつ、シエスタのことだけは最優先で……そしていつの間にか彼女に感化され、自分以外の誰かを守ることも選択肢に入れるようになっている。

シエスタの遺志を継ごうとして、夏凪に手を汚させないようにして、暗殺対象であるはずの斎川についてこんなにも思い悩んで。使命と感情の矛盾でぐちゃぐちゃになり、よりによって不倶戴天の敵である俺にまで縋ろうとしている。

まったくもって不器用なまま。出会った頃から変わっちゃいない……あの二年半、飽きるほどに喧嘩してた頃となに一つ。

だから、そんな腐って、腐って、腐り切る寸前で、なお千切れずに残ったしぶとい縁にため息をつきながら、俺はシャルともう一度だけ向き合う。

「本当にそれでいいのか？」

「……っ、アナタになにが分かるのよ。ずっとぬるま湯に浸り続けてたアナタに」

「そうだな。たしかにその件は、俺が悪かった」

記憶がなかったなんて言い訳にもならない。シエスタの死後、一年にもわたってぬるま湯に浸り、偽りの平和を享受していた俺には、本当はこんな偉そうなこと言えない。

でも……それでも俺は言う。

彼女が残したという最後の言葉を。

「シエスタが残した遺産は、俺、夏凪、斎川、シャーロットの四人だ。シエスタの遺志を継ぐというのなら——斎川が死ぬことはあってはならない」

もちろん斎川だけではない。

俺も、夏凪も、シャルも。誰一人欠けることはあってはならない。

「……ッ！　でも、マームは《調律者》よ。その使命は《SPES》を倒すことでしょ！」

ああ、そうだな。

シエスタは《名探偵》として世界の脅威と戦ってきた。それに間違いはない。

──だけど。

「シャル。お前が愛した師匠は、使命と仲間、どっちを守ることを優先する人間だった？」

「……ッ」

シャルの顔が大きくゆがむ。

「斎川を犠牲にして《SPES》を倒すことが、本当にシエスタが望む結末だと思うのか？」

「うるさい……ッ！」

次の瞬間、シャルが首に下げていたペンダントのチェーンを自ら外した。

それはまるで過去から……シエスタから目を逸らすための儀式のような。そしてペンダントは無情にも地面に叩きつけられ……しかしその拍子にロケットチャームが開き、中に入っていた写真があらわになる。

「……なんで、そんな楽しそうに笑ってるのよ」

チャームの中にあったのは、シャルとシエスタ、二人の笑顔の写真。

まるでなんの使命も、しがらみも抱えていない。学校帰りに寄り道しながら二人でSN

S用に撮ったような、そんな平和な写真だった。

「こんな、こんなの……ッ」

だがシャルはそれに首を振る。

きっとその笑顔のシエスタを肯定してしまうと、今自分が果たすべき使命が揺らいでしまう。信じてきたシエスタの遺志を否定することになってしまう。

だからこそシャルは、過去と……そしてシエスタと決別を告げるように、ペンダントを踏みつけた。

「……！」

否、踏みつけようとした。

だがその前に、ずっと道路に膝をついたままだったシエスタの右手が、一瞬早くシャルの足と地面の間に滑り込んだ。

「……痛いです」

「あっ、ごめん……なさい……」

そんな《シエスタ》の冷静な抗議に、ついシャルは謝ってしまう。

すると《シエスタ》はペンダントを拾い上げ、シャルの首の後ろに手を回して、その首に掛けた。

「なん、で……」

呆然と目を見開くシャル。
　そんな彼女に改めて向き合うと、《シエスタ》は「まったく」とため息をつきながらこう言った。

「バカか、君は」

　それは、かつての名探偵だけが口にすることを許された言葉。
　無論、この《シエスタ》の中に彼女はいない。
　その意識は心臓と共に、今は夏凪のなかに眠っている。
　それでも。
　きっと身体が、脳が、口が、その台詞を覚えていた。
　三年間、毎日のように唱えていたそのコミュニケーションの言葉を、《シエスタ》は。
「初めて」
　シャルがなにかをぐっと堪えるように下を向く。
　そして数秒間、それを噛みしめるようにして――
「初めて、その言葉をワタシに言ってくれましたね」
　再び顔を上げたシャルは、どこか晴れやかな泣き顔を浮かべていた。それはまるで、師匠に怒られることをずっと望んでいた弟子の姿のような。

そんなシャルを見て《シエスタ》は苦笑するように表情を緩める。

そうして、腕を広げた《シエスタ》の胸にシャルが飛び込もうとした——その刹那。


「シャーロット。だから甘いって言ってんだよ、お前は」


《シエスタ》の胸に飛び込んだのはシャルではなく、一発の銃弾だった。

「……っ」

「マーム……！」

その場に崩れ落ちる《シエスタ》をシャルが抱きかかえる。

そうして開けた視界の先に立っていたのは、《暗殺者》——加瀬風靡だった。

◆世界に仇なす金色の剣

銃を手にした風靡は、少し離れた場所から氷のように冷たい目で俺たちを見下ろす。

「シャーロット、お前はもう少し賢明なやつだと思っていたが……そこのガキと同類だったみたいだな」

「……ッ！」

シャルは一瞬キッと風靡を睨むと、しかしすぐに《シエスタ》に目を移す。

「マーム……」

撃たれた《シエスタ》の左胸からはとめどなく赤黒い血が流れていた。シャルは自分の服の一部を破いて、それを使い止血を試みる。

「……バカなのですか、シャーロットは」

すると《シエスタ》は、弱々しくシャルのその手を握り、

「私は、マームではありませんよ」

そう言って薄く微笑む。

いつの間にか口調は、元の《シエスタ》に戻っていた。

「それよりも……アナタたちが向かい合うべき相手は、あっちです」

そして《シエスタ》は、震える手で向こうに立つ人物に指を差す。

「でも、このままじゃ……」

「大丈夫です。この規模のダメージなら、緊急停止措置にて対応可能ですので」

再び微笑を浮かべる《シエスタ》。誠か嘘か、だが彼女がそう言うのなら、今は信じるしかなかった。

「――すぐに、戻ってくる」

俺とシャルは小さく頷き合い、《シエスタ》をガードレール脇にそっと運ぶと、最大の敵に対峙するべく立ちあがる。

「はっ、なんだ、お前ら。仲が悪いふりして、今さら手を取り合おうってか」

風靡はそんな俺とシャルを見て嘲笑うと、煙草を咥え、風から守るように片手で覆いながら火を点ける。

「本当にいいんだな、シャル」

その間に俺は、隣に並んだシャルに顔を見ずに尋ねる。

「あの人に立ち向かうってことは、色んなものを失うぞ」

仕事上、きっとこれまであらゆる組織や人間から恨みを買ってきたシャル。シエスタに続いて同じ《調律者》である風靡の後ろ盾を失えば、きっと今の立場は大きく脅かされ、命を狙われることだって増えるかもしれない。

なによりシャルは、ずっと信じてきた使命に自ら反旗を翻そうとしているのだ。そう説得したのが俺自身だとしても、彼女の事情を思えば、もう一度そんな確認を取らざるを得なかった。

「今さらよ」

しかしシャルは、同じく俺の方を見ることなくそう言い切る。

「それより、アナタの方こそ覚悟はできてるの？」

「もちろんだ、逃げられるものなら逃げ出したい」

「……それ、なんの覚悟ができてるの？　日本語として合ってる？」

頭だけは良かったはずよね？　とシャルが顎に手を添える。

気にするな、恐怖でちょっと脳がバグってるだけだ。

「なあシャル、これから戦うに当たっていいことを思いついたんだが」

「さすが頭脳担当ね、どんな作戦を思いついたの？」

「この戦いを無事に生き抜いたら、俺たち結婚しよう」

「え、嫌です……」

「違う、これは逆死亡フラグだ」

「怪しげな概念」

「逆死亡フラグとは、死線に臨む前に絶対に叶(かな)えたくない願いを口にすることで、逆に生き残ってそれが叶えられてしまうというバグ技だ」

「せっかくの頭脳担当がアホだった……」

隣でシャルが大きく頭を抱える。

悪いな、もう今さらこの状況で役に立つ頭脳など存在しない。

「……だけど」

ふとシャルが顔を上げると、俺の方を見て、

「協力しようと歩み寄るぐらいには、ワタシたち成長したみたいね」

きっと、かつて初めて共に挑んだミッションの大失敗を思い出しながら、彼女は微笑んだ。

「作戦会議は終わったか？」

すると風靡が、大きく煙を吐き出す。

ここまで待ってくれていた……というわけではないのだろう。ただあの人は、あの一本を吸いたかっただけだ。そしてその時間も、これで終わりだ。

「まずは敵を挟み込むぞ！　シャルは右から頼む！」

「ええ！」

俺とシャルは左右に分かれ、両方向から銃で標的を狙う。風靡は吸い終えた煙草の火を足で踏んで消しているところだった。悪いが、待ってやる余裕はない。

そうして俺は銃を構え、目の前にいるシャルに向けて——

「……なぜシャルが見えている？」

同じく正面の俺を見て目を丸くするシャル。

二人で間に挟んでいた風靡はどこへ行った？

「結局無策か」

そんな声が聞こえてきた、次の瞬間。

「…………ッ！」

まず息が止まった。

そして聞こえてきた骨になにかがめり込む音。

痛みは、地面を数メートル転がったあと数秒遅れてやってきた。

「ああああああ……っ！」

情けなくも、その衝撃と痛みに絶叫が漏れる。

なにをされたのかすら分からない、殴られたのか、膝蹴りか。下手したら既に折れている。思わず意識が飛びそうになるほどの激痛が全身を襲う。

「まずは一人」

そして風靡はすぐに俺に興味を失い、背を向ける。

「……っ」

シャルは警戒するように銃を構え、風靡と一定の距離を取り向かい合う。俺はその間に、どうにか身体を引きずりながら道路の端の方へ避難する。

「どうする？　もうお前一人だぞ」

風靡は銃口に臆することなくシャルに語りかける。

「このまま無駄な抵抗を続け、いたずらに問題解決を遅らせるつもりか？」

「…………」

一方シャルは銃を構えたまま、険しい顔つきでそれを聞く。

「なあ、シャーロット。もう一度だけ聞くぞ、お前の仕事はなんだ？　名探偵の遺志を継ぐんじゃなかったのか？　世界がどうなってもいいのか？」

「……どうなってもいいわけじゃない。でもやっぱりこのやり方でマームが喜ぶとは思えない」

「はっ、正気か？　あいつが喜ぶかどうかなんざ、どうでもいい」

風靡はシャルの主張をそう唾棄する。

「理想で世界が救えるか？　違うだろ。斎川唯さえ殺せば世界は救われるんだぞ」

「誰か一人が犠牲になって世界が救われることなんて、きっとマームは望まない」

「そうか？　少なくともあいつは自分が犠牲になることで世界が救われるなら、喜んで命を差し出すような女だったと思うぞ」

「どういうこと……？」

シャルは風靡の意図を図りかねるように眉根を寄せる。

「分からないか？　なら少し時系列を遡ろう。元々シードは、自身の《種》を宿しその力を使いこなす人間こそを、器候補として考えていた」

「マームと、ヘル……」

「そうだ。だがその考えは、あの名探偵の奇策によって封じられた。あいつは、あえて自らの命を捨てることで器としての権利を消失させたんだ」

風靡の仮説はこうだ。

一年前、自ら死を選んだシエスタ。それを彼女は、夏凪を守り、その願いを叶えてあげるためだと言っていたが……そこにはまだ隠された理由があった。シエスタは最後に《名探偵》の仕事としてシードを倒す策を講じていたのだ、と。

「じゃあマームはシードの真の目的にも気付いていて、そのために自ら……」

シャルもすべてを聞かされていたわけではなかったのだろう。シエスタのあの自己犠牲のさらなる真意を聞かされ、瞳を揺らす。

「そうだ。《名探偵》は、世界を守るために自己犠牲を厭わない。そしてあいつはこう言ってたんだろ？　お前たち四人が最後に残した遺産なのだと。その意味が分かるか？

——お前たちも私の遺志を継いで世界のために死ね、ということだ」

「……ッ！」

シャルはそんなシエスタの遺言の解釈に目を見開く。

「いいか、シャーロット。お前は優秀なやつだ。あんな助手風情の男の言葉に騙されるな。名探偵の残した言葉の意味を正しく理解し、遺志を継げ」

「ワタシ、は……」

「正直に言おう、夏凪ではダメだ……あれは弱すぎる。だからお前しかいない、シャーロット。お前が遺志を継ぎ、《調律者》として《名探偵》になれ」

風靡は一転、柔らかな表情を浮かべてシャルを諭す。

「大丈夫だ、不安だと言うならアタシがまた稽古をつけてやる。だからお前は自分がやるべき使命を全うしろ。斎川（さいかわ）を殺し、シードを倒す。そうすれば名実共にお前が、名探偵だ」

良かったな、と風靡はシャルの頭を撫（な）でる。

「ずっと憧れてたんだろ？　これでお前の夢は叶う」

「ワタシが、《名探偵》に……」

「そうだ。だからそのために、最後の仕事を果たしに行くぞ」

そう言って風靡は背中を向けて、俺たちが乗ってきたバイクの元へ歩き出す。それに乗って今度こそ斎川たちを追うつもりなのだろう。

――しかし。

「なんのつもりだ、シャーロット」

風靡は背中を向けたまま言う。

きっと振り返らずとも、その殺気だけで伝わるのだろう――シャーロットが、自分の背中に刃（やいば）を向けていることを。

「お前、名探偵になりたくないのか？」

「……違う。ワタシは別に、名探偵に憧れていたわけじゃない」

シャルは目を閉じ、そっと呟く。

自分に言い聞かせるように。

あるいは、ずっと仕舞っていった本音と向き合うように。

そうして五年に及ぶ師への思いを馳せた彼女は——左手で、首に掛けられた青いペンダントを強く握り締め、こう叫んだ。

「ワタシは、シエスタという一人の美しくて強い女性に憧れてたんだ！」

シャルは、再び握り直したサーベルで風靡に後ろから斬りかかる。

「つまらん」

だが風靡は後ろを向いたまま、その攻撃を一瞥することもなく軽い身のこなしで躱す。

「……っ」

「舐められたものだな。サシでアタシに勝てると思ったか？」

そう言い終わらないうちに風靡は腰から銃を引き抜き、シャルの額に銃口を向ける。

「遊びは終わりだ」

シャルの剣はあと一歩届かず、地面に跪かされる。

風靡が今さら引き金を引くのを躊躇うはずもなく、かといってこの状況からシャルが一

人で形勢を逆転できるとも思えない。戦況は完全に詰んでいた。

「たしかに、ワタシ一人じゃアナタには勝てない」

そしてシャルもまた、素直に自分の敗北を認めた――かに見えた。

「だけどまだ、ワタシたちは負けていない」

シャルが燃えるような瞳で風靡を見上げた、次の瞬間だった。


「右に九ミリ、下に七ミリ修正――今です、渚さん」


上空から、胃に響くような音と共に一発の銃弾が放たれる。

夜空から降ってきた弾丸は、風靡が握っていた拳銃を弾き飛ばした。

「――ッ！」

そしてその発砲した張本人は――

「さすがはシエスタの《七つ道具》、まったくぶれないわね」

窓が開いた小型の戦闘機のコックピットで、見覚えのあるマスケット銃を構えていた。

「……わざわざ自ら戻ってくるとはな」

そして風靡は夜空に浮かんだ戦闘機を睨み上げてこう言った。

「覚悟はできてるんだろうな――斎川唯、そして夏凪渚」

◆それが最後に出した答え

「ユイ、ナギサ……」

シャルが、灯台の近くを飛行する戦闘機を見上げる。

二人乗りの機体には、操縦席に斎川、その後ろに夏凪が座っていた。

「飛行場に向かったと聞いていたが……それを取りに行ってたってわけか」

風靡は空を見上げつつ、さも面白くなさそうに首を回しながら骨を鳴らす。

「小型ボートに続いて戦闘機の操縦とは、最近の義務教育は随分充実してるな」

「これぐらい乙女の嗜(たしな)みですよ。……と、言いたいところですがさすがにほとんど自動操縦です。とある《耳》のいい方が、わたしの《眼(め)》も頼りに遠隔操作をしています」

風靡の皮肉に、斎川はそう軽口で返す。どうやら、どこか遠くであの半人造人間が、俺たちの戦いを見ているようだった。

「はっ、にしてもお前ら、こいつの味方をするのか？　お前たちの命を奪おうとした、こいつを」

するど風靡は上空にいる斎川と夏凪に対して、呆(あき)れたように鼻を鳴らす。

「……っ」

それを聞いて、跪いたままのシャルは唇を噛む。

シャルも、自分が犯そうとした事の重大性は誰よりも理解していた。

——だがしかし、当の斎川は。

「ええ、助けますよ。だって、仲間ですから」

自分を殺そうとしたはずの相手を、変わらず仲間と呼んだ。さらに彼女は、ぽかんとした表情を浮かべるシャルに向かって、こう続けた。

「そしてそのあと思いっ切り喧嘩します。それでいいですよね、シャルさん？」

斎川はにっと笑って、地上のシャルを見下ろす。

「言っとくけど、唯ちゃん一人じゃないわよ」

すると今度は後ろに座る夏凪も、ツンと澄ました表情でシャルに語りかける。

そうだ、ここに来る前、夏凪もまたシャルから手痛い一撃を喰らっていた。だからこそ彼女は、皮肉たっぷりにシャルに言う。

「いい？　喧嘩する時は唯ちゃんとあたしで二人分——倍殺しだから」

シャルはそれを地上で聞き遂げると、

「……いつでも受けて立つわ」

少しだけ瞳を潤ませて、それでも微笑を浮かべた。

「そんな未来はこないから安心しろ」

冷酷な声。シャーロットの望む未来を壊さんと、《暗殺者》が暗闇の中を疾駆する。

「……っ」

シャルはサーベルを強く握り、迫り来る敵に対峙する。

一方、銃を弾き飛ばされた風靡が手にしたのは、一本の短いサバイバルナイフ。当然、リーチの利はシャルにある。――だが、そこにあったのは圧倒的な実力の差。風靡は出鱈目にも見える動きでシャルを防戦一方に追い込むと、

「遅い」

隙をついた回し蹴りで鉄製の剣をたたき割りながら、そのままシャルを後方に弾き飛ばした。

「……っ！」

鈍い音と共にシャルがアスファルトを転げ回る。それを見て風靡は間髪入れず間合いを詰めようと、地面を大きく蹴り出す。

「渚さん、お願いします！」

その瞬間、空からの狙撃が風靡を襲った。

斎川の《眼》による的確な指示もあり、夏凪は躊躇うことなくマスケット銃を構え、銃

弾を撃ち込む。

「悪いけど、威嚇射撃なんてできないから」

さらに攻撃を当てやすくするために高度を下げた戦闘機から、夏凪は風靡に向けて発砲を続ける。

「――邪魔だな」

すると、足元の銃弾を躱しながら風靡がぼそりと呟いた。そして。

「へ？」

思わず顔を上げた夏凪が視界に捉えたのは――鉤爪のついたロープを戦闘機に括り付け、それを手綱に夜空へ跳躍する赤髪の暗殺者の姿だった。そうして風靡はコックピットに飛び乗ると、

「……！」

驚く斎川に向けて、ナイフを逆手で構える。

「させない……っ！」

その後ろから、夏凪が風靡に向けて発砲する。

その銃弾は見事に右肩を貫通し、風靡は大きくバランスを崩す。――だが、しかし。

「痛み？　そんなものは、使命の前ではなんの意味も持たない」

機体から投げ出されつつも風靡は一切表情を変えず、戦闘機の主翼上面にあるエンジン

にナイフを投擲した。強烈な摩擦音と焦げた匂い。黒煙が立ち上がり、戦闘機は左に傾き、やがて制御が不能になる。

「……っ！　渚さん、しっかり掴まっててください……っ」

斎川が必死に操縦桿を握るが、戦闘機は高度を下げ、機体をアスファルトに擦りつけながら不時着した。地震が起きたような下から突き上げる衝撃。思わず立っていられなくなる。

「……唯、ちゃん……」

「……っ、渚、さん……」

墜落の衝撃で激しく身体を打ちつけたのか、夏凪と斎川が苦悶の表情を浮かべながらも、爆発の危険がある機体からどうにか這い出す。

「ようやく降りてきたか」

そして風靡の身体がゆらり、夏凪たちの方へ向く。

右肩から赤黒い血を流しながらも、《暗殺者》は力強く地面を蹴る。

「──まだ、ワタシを忘れてもらっちゃ困るわね」

その時、両者の間に割って入る影があった。

「言ったでしょ？　ワタシは一人じゃない。だからこそ、ワタシはワタシの仕事に注力できる」

「っ、シャーロットか。だがお前の武器はもう破壊したぞ」

そうして風靡は黒煙の中、右足を軸に大きく左足を振りかぶる。――が、しかし。

「アナタの力も借りるわ」

煙が晴れた先にいたのは、《シエスタ》のレイピアを構えたシャルだった。

「……ッ！」

そして風靡は動きを止めることができず、突き出された片手剣に向かって左足を振り抜いた。――だが。

「か、は……っ」

苦悶の声を上げたのはシャルの方だった。彼女は再び風靡の蹴りを浴びて、数メートル後方へ吹き飛ばされる。

「シャルさん……！」

斎川が身体を引きずりながら、シャルの元へ向かう。

「大……丈夫、ですか？」

「……っ、ええ……でも、足は一本潰したわ」

シャルは息を詰まらせながらも、それでも微笑んでみせる。

「これが、ワタシの……ワタシたちのやり方。一人で勝てなくても、みんなの力を合わせれば……」

「――この期に及んでお仲間ごっこか？　くだらんな」

シャルのその言葉を聞いて、風靡が心から侮蔑するように吐き捨てる。

「くだらなくなんか、ない……っ！」

すると今度は、膝を折ったシャルと斎川を庇うように、夏凪が手を広げて立ちはだかる。

「あたしたちは……シエスタが遺した、最後の希望。誰も負けない、誰も諦めない、みんなで、勝つんだ……っ」

そんな夏凪に。あるいは、斎川に、シャーロットに対して、

「お前らは、なんだ」

風靡が静かに声を落とす。

いつの間にか髪留めが外れ、赤髪が夜の風に靡いていた。

「仲間、絆、友情、想い、愛、繋がり、縁、――遺志。それが、世界の何に役立つ？」

そして段々と風靡は苛立ったように声を荒らげ始める。

「斎川唯――お前が死ねば世界は救われる。シャーロット・有坂・アンダーソン――お前が斎川唯を殺せば世界は救われる。夏凪渚――お前がかつての名探偵のように強ければ世界は救われる。なのになぜそうしない？　できない？　そうか、できないのか。だったら――ッ！」

燃えさかる炎のように、風靡が怒りに満ちた表情で叫ぶ。

「それができないなら！　無力だというなら……！　せめてものそれを恥じる心を持ち、世界を救おうと戦う者の足を引っ張るな……ッ！」

その絶叫は、あるいは、俺が初めて耳にした彼女の本音だった。

「正しいよ」

わずかな静寂があって、それから夏凪が呟いた。

「多分、あなたが今言っていることは間違ってない。少なくとも、あたしよりも正しくて、それこそを正義と呼ぶ人もきっといる」

「っ、それが分かるなら――」

「でも」

夏凪は風靡の言葉を遮ると、

「正しすぎた探偵は、死んでしまった」

正義が、必ずしも勝つとは限らないと主張する。

「だったらあたしは、あえて間違えているかもしれない選択肢を選びたい。たとえ正しくなくても、正義が勝てなくても、それでも最後に、大切な人が隣で笑っている未来を選び取りたい」

あたしはもう、誰も死なせたくない。

夏凪はそうして風靡を……あるいはシエスタをも、真っ向から否定したのだった。

「平行線だな」

激昂が収まったわけでは、きっとない。

ただ、風靡は諦めたようにそう言い放つ。

「であれば、話は簡単だ。最後に立っていた者だけが勝者だ」

最もシンプルにして、最も残酷な結論。

だが残された手段はそれしかない。

いや、きっとはなから話し合いなど無意味だった。

「滅びろ、悪」

《暗殺者》が、風のように走る。

音もなく、姿を捉えさせる間もないまま、《調律者》として正義を執行する。

「ナギサ！」

「渚さん！」

両手を開いて立ちはだかる夏凪に、シャルと斎川が後ろから叫ぶ。

「大丈夫。あたしが相手の姿を見れなくても、相手は必ずあたしを見てる。それにあたしの声も聞こえてる。だったら——きっとこの能力は発動する」

そして、夏凪渚の紅い眼が光った。

「加瀬風靡、あんたはそこから一歩も動くことができない」

次の瞬間、風靡の動きがぴたりと止まった。

「……ッ！」

驚愕に目を見開き、固まる風靡。

あと一歩——振り上げられたナイフが、夏凪の左胸を突き刺す寸前で止まっていた。

それは《紅い眼》による洗脳——夏凪がヘルと対話し、彼女を受け入れることで使えるようになった技だった。

「……ッ、こんな、もので！」

だが、《暗殺者》はターゲットを殺すまでは決して動きを止めない。

「こんな付け焼き刃の能力でアタシを止められると思うな！」

その意志の強さで洗脳を破らんと、徐々に、徐々に、刃を構えた右腕を夏凪に向けて振り下ろしていく。

「お前らごとき、たった三人だけでアタシを止められると……」

そして風靡は鬼気迫る顔で激昂しようとして——ふいに、その表情の色を消した。

「ちょっと待て。……三人？　あのロボットはいいとして、いつからアタシはお前ら三人と戦っていた？」

今さら自分がなにかを見落としていることに気づき、思わず目の前の狩るべき対象にそう尋ねる。

「なあ、あいつはどこだ？　君塚君彦はさっきからどこにいる？」

それはきっと断じて驕りではない、正しい自己分析だ。

確かにあの時、無力な助手風情の男は一撃で戦闘不能にした。それだけの力の差があった。仮に時間が経って動けるまでに回復したとしても、目の届く範囲にいれば十分対処することができる。そう考えシャーロットと、新しく加勢した夏凪や斎川だけに注意を払った風靡の判断は、決して誤りではなかった。

ただ一つ。

もしもたった一つ、彼女に誤算があったとするならば。

「君塚君彦、お前——カメレオンの種を飲んだな！」

俺がほんの一ミリも、《人造人間》の力を得るリスクを恐れなかったことだ。

「副作用？　そんなの知らん。五感でも寿命でも、好きなものを好きなだけ奪えばいい。

全部養分としてくれてやる」

俺はそう、体内に巣喰う宿り木の種に言い聞かせながら、風靡の元へ姿を消して走り寄る。ただ今だけは、あのムカつく刑事を殴り飛ばせれば、それでいい。俺の、最愛の相棒の正義をねじ曲げたあいつをただ一発殴れれば、それで。

――本当にそれでいいの？

どこかで誰かが、俺にそう囁いた気がした。

――いいさ、誰に迷惑をかけるわけでもない。

俺は拳を握り締めながら、そいつにそう答える。

だってそうだろ？

「これは俺の物語だ」

そうして俺はこの世の正義を、真正面から殴り飛ばしたのだった。

【エピローグ】

「お巡りさんを逮捕とは、いい度胸だな」

右頬を赤く腫らした風靡の片手に手錠を嵌め、もう片方をガードレールの支柱に繋いで拘束する。ここまでせずとも最早抵抗はしてこない気もしたが……念には念を入れて、だ。

「にしても、本当に《種》を飲んでやがるとはな」

そう言って風靡さんは呆れたように俺を見つめる。

カメレオンの《種》による透明化能力。最初に風靡さんから手痛い一発を貰った俺はこれを使い、早々に戦場から姿を消していたのだった。

「お前、死ぬぞ」

風靡さんが目を細め、俺を見つめる。

「ああ、分かってる」

適切な処置を受けていない以上、そうなるリスクがあることは織り込み済みだ。だからこそ、これはなるべくなら実行したくない作戦ではあった。

この《種》は、スカーレットが忘れ物と称して《シエスタ》の家で俺に渡していたものだった。恐らくは一度蘇らせたカメレオンの身体から、抜き取っていたのだろう。

「まあ、身体がぶっ壊れた時は、ぶっ壊れた時だ」

コウモリのように視力を失う可能性もあれば、もしかすると寿命が縮むようなことすらあるのかもしれない。けれど。

「あいつの影でしかなかった俺にとっては、ちょうどいい能力だ」

せいぜいこれからも誰かの助手として、影役に徹させてもらおう。

「そうかよ。じゃあ、とっととお前も向こうに行ってやれ」

そう言って風靡が顎で指し示すのは、夏凪たちに囲まれながら道路の端で寝ている《シエスタ》だ。シャルが応急処置を施したとはいえ、左胸を銃弾で貫かれている。撃った張本人でありながら、彼女は俺に《シエスタ》の元へ行くように促した。

「風靡さんあんた、やっぱり風靡さんだよ」

「なにを言ってる、アタシはお前の敵だ」

「……そうかい」

俺は、本当は風靡さんに確認を取りたかった幾つかの質問をせずに、背を向ける。

まず一つ——本来《SPES》討伐の任を担っていたのは、《名探偵》であるシエスタだった。にもかかわらず、彼女の死後、なぜ別の役職であるはずの風靡さんがその仕事を手伝っていたのか。

そしてもう一つは——《シエスタ》の存在だ。彼女は、シエスタの遺体を冷凍保存して腐敗を食い止め、人工知能を搭載することで機械人形として生まれ変わったという。で、あるならば、一体誰がそのような素早い処置を計らってくれたのか。

本人が語らないというのなら、聞いてはならない。

語られぬ言葉には、敬意を払わなければならない。

俺は風靡さんに背を向け、《シエスタ》の元へ向かった。

《シエスタ》は、夏凪たち三人に見守られるように目を瞑っていた。

「マーム」

そんな中、シャルが膝を折って《シエスタ》の手を取る。するとそれに反応するように、彼女は薄く目を開いた。

「……ですから、私はあの方ではありませんよ。シャーロット」

「……！」

目を覚ましたロボットは、驚くシャルの手を弱々しく握り返す。

「《シエスタ》さん！」

「大丈夫!?」

そして斎川と夏凪も、慌てた様子で《シエスタ》に呼びかける。そんな二人を見て、

《シエスタ》は――

「ふふっ」

小さく肩を揺らして微笑(ほほえ)んだ。

「まったく、相変わらず騒がしい人たちですね」

すると《シエスタ》は、シャルの手を借りながらゆっくりとその場に起き上がると、

「これでは、おちおち昼寝もしていられません」

そんな、彼女にしか言えないとっておきのジョークを披露する。

「《シエスタ》、大丈夫なのか？」

俺は改めて負傷箇所を確認しようとする――が、しかし《シエスタ》は首を振ると、

「もう、私の使命は十分果たしましたから」

そう言って、再び静かに微笑んだ。

「どういう、こと？」

シャルが揺れる瞳で《シエスタ》を見つめる。

「私は、シエスタ様が最後にこの世でやり残した仕事を手伝うために作られた、プログラムに過ぎません」

「マームがやり残した仕事？」

するとシャルは思い当たる節がないように首をわずかに傾ける。

「はい。シエスタ様は最後の遺産として、君塚君彦、夏凪渚、斎川唯、シャーロット・有坂・アンダーソンの四人をこの世に残しました。しかし四人にはそれぞれ、まだ乗り越えるべき課題がありました」

　俺たち四人に残っていた課題。たしかにこの数日間、俺たちはこれでもかというぐらい困難にぶち当たった。

「夏凪渚は、自分が本当は何者なのかを知り、過去と向き合わなければならなかった。斎川唯は、両親の死の真相を受け入れ、人生の選択をする必要があった。シャーロット・有坂・アンダーソンは、使命という呪縛から解き放たれ、自分の意思を持つことが求められていた。そして君塚君彦は――」

　そうして《シエスタ》は一人ずつを見つめ、最後に俺に顔を向けると、

「シエスタ様から、卒業しなければならなかった」

　ずっと見て見ぬふりを続けていたその事実を、鋭く言い当てた。

「シエスタ様は、あなたたちがそのあまりに重く苦しい課題を自分たちで解決できるかどうか、それだけが心配で、心残りだった。だから、《私》を作りました」

「……それが、シエスタの本当の意味での、最後の仕事」

俺がぽつりと漏らすと、《シエスタ》は静かに頷き、

「依頼人の利益を……仲間を守ることが、彼女の仕事でしたから」

かつての名探偵の口癖を紡いだ。

「つまり、私はそのお手伝いメイドだった、というわけです」

「じゃあ、やっぱり、俺たちの周りでここ数日起こってた問題は全部……」

「ええ。あなたたち四人が、心に秘めた問題を乗り越えるための課題です」

そう言って《シエスタ》は、いたずらが成功した子どものようにニッと笑う。

夏凪にはヘルとの対話を促し、《名探偵》への道を切り拓かせ。

斎川には辛い真実と向き合わせながらも、それを仲間である俺に見守らせ。

シャーロットには自らが壁となって立ちはだかりながら、彼女にとって本当に大切なものを見つけさせた。

そして俺には、彼女たち三人の問題を解決する手助けをさせ、助手として、シエスタ以外の他の誰かの隣を立って歩けるようにしてみせた。

それは俺たち四人だけじゃない……シードも、スカーレットも、風靡の動きさえも、すべて事前に予測していたかのような。その上で俺たちを成長させるためのプログラムとして利用していたような。普通じゃ考えられない技だ。

「一流の探偵は、事件が起こる前に事件を解決しておくものですから」

だが《シエスタ》は、やはり名探偵の口癖を真似て、どこか得意げに微笑んでみせた。

「というわけで、ここで私の役目は終わりです」

すると《シエスタ》は、すべてをやり遂げたというように安心した表情を浮かべる。

「そんな、まだワタシは……！」

シャルは言い足りないことがあると、そう言って《シエスタ》が眠りにつくことを許そうとしない。

「いえ、ここまでです」

しかし《シエスタ》はそっとその手を握ると、柔らかく語りかける。

「私は仕事をやり遂げました。そしてシエスタ様も、もうなにも思い残すことはない。あなたたち四人は、これから先、強く生きていける」

だから、と。

「笑って、お別れです」

そう言って《シエスタ》は、出会ってからを考えると随分豊かになった表情で、俺たちに笑いかけた。

「そう、か」

俺は短く相槌を打つ。

それがシエスタの最後の仕事。彼女が残した遺産である俺たち四人に、それぞれが抱えた課題を乗り越えさせる。夏凪は過去、斎川は真実、シャルは使命、そして俺は——死者。

全員がそれらと向き合い——今、俺たちは卒業した。

過去から、真実から、使命から、そして死者から。

そうしてその手伝いをした《シエスタ》も、ついにその役目を終えようとしている。

だからこれは、幸せな結末と言えるのだろう。

夏凪も、斎川も、シャルも、俺も……あるいは《シエスタ》も。

誰もが皆、成さねばならないことを成し遂げた。

だからきっと、ここで物語を閉じるのが美しい。そうに決まっている。

あとは《シエスタ》に一人ずつ別れの言葉を述べれば、感動的なクライマックスになるはずだ。そう思って俺は、他の三人がすすり泣くなか、こう訊いた。

「だったら、シエスタはハッピーエンドを迎えられたのか？」

前にも俺は言ったはずだ。

エピローグには、まだ早い。

【girl's dialogue】

——それは、今から十日ほど前のこと。《人造人間》との戦闘によって沈みかけたクルーズ船、その中の荒れ果てたカジノ場にて。

「お待たせしました」

私がそう一人の少女に背中越しに声をかけると、彼女はぴくりと肩を跳ねさせました。

「……君か」

そうして、赤いリボンでサイドに髪を括った、黒髪の少女が私に顔を向けます。

床に座っていた彼女の膝の上には、ジャケット姿の男が眠っていました。

「お久しぶりです——シエスタ様」

今はとある事情で姿は違いますが、彼女はたしかに私を作ったご主人様でした。

「ところで今、なにをしようとされていました？」

「……なにが？」

するとシエスタ様は、ぷいと私から顔を逸らします。

「なにやらその男に顔を近づけていたような気がしましたが？」

「……だからなんのことかな」

「渚に怒られますよ」

「っ、だからなんのことか分からないってば……」

私のご主人様はとても可愛いです。

「……にしても不思議だね。私が目の前にいる」

するとシエスタ様は、床にその少年を寝かせて立ち上がり、私を見つめてそう言います。

そう、なにを隠そう私は今、本来のシエスタ様とまったく同じ顔をしています。シエスタ様の身体を借りた生体アンドロイド、それが私でした。

「そのメイド服、似合ってるよ。きっと助手もイチコロだね」

「？　私は特にそのようなことは望んでおりませんが、もしかしてそれはシエスタ様の願望──」

「さて、今日君に来てもらった理由だけれど」

ええ、やはり私のご主人様は可愛いです。

「改めて、例の計画についてお願いしたいんだ」

そう言ってシエスタ様は、私をここに呼び出した理由を語ります。

それはシエスタ様が生前に遺していたとあるプログラム。彼女の記憶や能力の一部を私に移植し、さらに、シエスタ様の遺志を継ぐ四人の者たちを育てる計画。

「ただひとつ、予定に変更があってね。これを追加したいんだ」

するとシエスタ様は、私にＩＣチップを手渡しました。

「ここにはかつて私が犯してしまったとあるミスのデータが書き込まれている」

「……？　シエスタ様がミスをするとは珍しいですね」

「……そうだね。どうやらやっぱり私は、人の感情を読むのは苦手だったらしい」

シエスタ様はそう言って苦笑を浮かべます。

「というわけで、詳しくはそれをインストールして確かめてほしい。そこに新たな指示も入っているから」

「かしこまりました」

すべてをご自分の口で語らないのはシエスタ様の仕様です。あとでじっくり確かめることにしましょう。

「さて、これで本当に私の仕事は終わりだね」

シエスタ様はどこか晴れやかな顔でそう呟くと、その場に腰を下ろし、またあの少年の寝顔を見つめます。

そう、これがシエスタ様の最後の仕事。唯一の心残りだったという、四人の遺産を見守り、成長させること。それを私というプログラムに託し、シエスタ様は今度こそ、本当の眠りに就かれるのです。

そうしてすべてをやり遂げ、安らかな表情を浮かべる彼女を見て——

「シエスタ様は先ほど人の感情が分からないと仰っていましたが、ご自身の感情は理解なされていますか？」

気付くと私は、そんなことを尋ねていました。

すると、少年を見つめていたシエスタ様の両肩が、再びぴくりと動きます。

「……君は」

しかし、シエスタ様は。

「君は……君だけの仕事をしてくれればいいよ」

振り返ることなく、背中越しにそう告げたのでした。

「かしこまりました」

私はあくまでも、ご主人様に仕えるお手伝いメイド。

一礼して、その場をあとにします。

ですがその時、一瞬こんな考えが頭をよぎったのも事実でした。

――主人の幸せを望むのがメイドの務めだとするならば、私がこれから真にすべきこととは一体なんなのでしょうか。

【プロローグ】

「だったら、シエスタはハッピーエンドを迎えられたのか？」

俺の言葉に、《シエスタ》がわずかに目を見開いた。

でも、だってそうだろう？

俺や夏凪が、そして斎川やシャルが、それぞれ過去や呪縛から卒業できたのだとして。

それで、シエスタはどうだった？

あいつは本当に幸せな結末とやらを迎えられたのか？

「君彦……違います」

《シエスタ》が、ふらふらの身体を押して立ち上がり、慌てて夏凪が肩を支える。

「シエスタ様は、もうこの結末に満足しています。あなたたち四人という遺産を残し、そしてそれぞれが抱える問題を解決した。それでシエスタ様の仕事は、もう――」

「違う！」

そして俺もまた、《シエスタ》が出そうとしているその答えに首を振る。

「だって、あいつは泣いてたぞ」

俺は、一年前の記憶を思い出す。

《SPES》のアジトであるあの孤島、そこでのヘルとの決戦。

シエスタは自らを犠牲に敵を封印することを選び、俺はシエスタとの別れを迎えた。俺は《生物兵器》が放った《花粉》によって気を失い、シエスタの最期を見届ける事すらできなかった。

でも、覚えている。今なら思い出せる。

あいつは……シエスタは、泣いていた。

俺と食べたアップルパイの味を思い出して。

安アパートで暮らしていた時のことを回想して。

ウェディングドレス姿で写真を撮ったことを懐かしがって。

明日も、一週間後も、一ヶ月後も、ずっと共にいるはずだった俺との別れを惜しんで。

そして、あの目も眩むような三年間を思って——


「シエスタは、『死にたくなかった』と泣いていた」


だから、そうだ。きっとこれは。

「なあ、《シエスタ》。お前が俺たちを誘拐して見せたあの一年前の過去の映像……その最後。俺が《花粉》によって倒れた後のあの、シエスタが最後に泣く場面まで見せたのは、お前の独断だったんじゃないのか？」

だって、あのシエスタが……素の笑顔すらなかなか見せようとしなかった強情な名探偵が、俺にそう簡単に泣き顔を見せるとは思えない。だからあの映像を見せたのは、お手伝いメイドによるご主人様に対する裏切り。

ではその意図とはなんだったのか——真相はきっとこうだ。

「それこそが、お前が仕組んだ間違い探しの本当の答えだったんだろ？」

俺の言葉に、夏凪たちが目を見開く。

それは《シエスタ》が、最初に俺と夏凪に出した課題——一年前に、シエスタが犯したというとある間違いを探す仕事。俺と夏凪はそれについて、ヘルにまつわる一つの誤りを見つけた。

だが、きっとミスはその一つだけではなかった。

シエスタ自身も気付いていなかった間違いがもう一つあったのだ。

だから《シエスタ》はあの時、俺に……いや、名探偵である夏凪に依頼をしていた。シエスタの間違いを正してくれと。そう、新たな探偵に頼んでいた。

そして実は夏凪はもう、その答えに達していた。

さっきの風靡との戦闘の中、夏凪は叫んでいた——シエスタの死はあってはならなかったと。最後には、大切な人が隣で笑っている未来こそが正しいのだと。

だから、シエスタが泣かなければならないような物語の結末は——間違っている。

「君彦……あなた、なにをするつもりですか」

夏凪に後ろから身体を支えられている《シエスタ》が、呆けた表情を浮かべる。

俺はそんな彼女の両肩を掴み、その向こう側にいるあいつに向かって叫んだ。


「——いいか？

——俺はお前を諦めない！

——たとえお前がこの結末に満足しようとも、俺だけは絶対に認めない！

——もしかしたら、誰にも理解されないかもしれない！

——夏凪にも！

——斎川にも！

——シャーロットにも！

——そしてこれは、世界の理に背く行為なのかもしれない！

——それでも絶対に！

——いつか俺はお前を生き返らせる！

——必ず、必ずだ！」

次の瞬間、斎川とシャルが俺の両腕にしがみついてきた。

「バカです、君塚さんは」

「バカね、キミヅカは」

二人は泣いていた。大粒の涙を零しながら、俺を支えてくれた。

そしてふと目線を上げると、夏凪が泣きそうな笑顔で俺を見つめていた。

「バカだよ、君塚は」

その震える右手は、左胸に当てられている。

届いただろうか。

そこにいるはずのもう一人に……俺の声は、届いただろうか。

「まったく」

ふと、小さなため息が聞こえる。そして《シエスタ》は、まるで手の掛かる子どもらを見つめるように微笑を湛えると、

「――バカか、君たちは」


きっとシエスタに代わってそう言った。

機械だとは誰にも言わせない、一筋の涙を流しながら。

「……陽が、昇りますね」

やがて《シエスタ》が横を向いて、ぽつりと呟いた。

海沿いの道路は朝焼け。紺碧の空に橙色が混ざり合う。白い灯台の向こうでは、夜明けの時間を迎え、遠く水平線から太陽が顔を覗かせ始めていた。

「ああ、ここからだ」

今この場所から、俺たちの世界への反逆は始まる。

探偵はもう、死んでいる？

──違う。

これは俺が再び探偵を取り戻すまでの、長い長い、目も眩むような物語だ。

MF文庫J

探偵はもう、死んでいる。3

2020年 6月25日 初版発行
2024年 8月30日 21版発行

著者 二語十

発行者 山下直久

発行 株式会社 KADOKAWA
〒102-8177 東京都千代田区富士見2-13-3
0570-002-301（ナビダイヤル）

印刷 株式会社広済堂ネクスト

製本 株式会社広済堂ネクスト

©nigozyu 2020
Printed in Japan　ISBN 978-4-04-064593-3 C0193

◎本書の無断複製（コピー、スキャン、デジタル化等）並びに無断複製物の譲渡および配信は、著作権法上での例外を除き禁じられています。また、本書を代行業者等の第三者に依頼して複製する行為は、たとえ個人や家庭内での利用であっても一切認められておりません。
◎定価はカバーに表示してあります。

●お問い合わせ
https://www.kadokawa.co.jp/（「お問い合わせ」へお進みください）
※内容によっては、お答えできない場合があります。
※サポートは日本国内のみとさせていただきます。
※Japanese text only

◇◇◇

この作品は、法律・法令に反する行為を容認・推奨するものではありません。

【ファンレター、作品のご感想をお待ちしています】
〒102-0071 東京都千代田区富士見2-13-12
株式会社KADOKAWA　MF文庫J編集部気付「二語十先生」係「うみぼうず先生」係

読者アンケートにご協力ください!

アンケートにご回答いただいた方から毎月抽選で10名様に「オリジナルQUOカード1000円分」をプレゼント!! さらにご回答者全員に、QUOカードに使用している画像の無料壁紙をプレゼントいたします!

■ 二次元コードまたはURLよりアクセスし、本書専用のパスワードを入力してご回答ください。

http://kdq.jp/mfj/　パスワード wa5jz

●当選者の発表は商品の発送をもって代えさせていただきます。●アンケートプレゼントにご応募いただける期間は、対象商品の初版発行日より12ヶ月間です。●アンケートプレゼントは、都合により予告なく中止または内容が変更されることがあります。●サイトにアクセスする際や、登録・メール送信時にかかる通信費はお客様のご負担になります。●一部対応していない機種があります。●中学生以下の方は、保護者の方の了承を得てから回答してください。

「やっぱり君塚は、
シエスタさんがいれば、
それで良かったんだよね」

「気にするな」

俺はそんな雑な言葉で、
恐らく夏凪が次に言おうとしている台詞を封じる。

「シエスタと出会う前も
どうせ俺は一人だった」

ふたりぼっちの
千の夜

「ん？　なんのことだ」
そう尋ねるが《シエスタ》は、
「……そのしゅんとした顔とか
ギャップに、母性本能を
くすぐられて
いたんでしょうか」
…
？

「シエスタさえ
いてくれれば、
俺はよかった」
そんな昔のことを思い出し、
思わずそう呟いた。
「……君彦、それ
無自覚でやってます？」
と、なぜかジト目の《シエスタ》に
見つめられていることに気づく。
??